# 고양이 제시,
# 너를 안았을 때

제인 딜런 지음
노지양 옮김

북노마드

이 책을 사랑했을 우리 아버지께.

우리 가족과 고양이

그리고 보이지 않는 장애를 가진 모든 사람들에게.

# 차례

프롤로그 About a Cat 8

1장 새로운 시작 13
2장 로칸, 릴리 그리고 웃음 27
3장 어린이집 불안증 45
4장 침묵의 학교생활 65
5장 고양이에 빠져들다 95
6장 강한 유대감 109
7장 사랑한다는 그 말 127
8장 스타 탄생 145
9장 유명한 고양이 161
10장 버티며 꾸준히 나아가다 189

에필로그 About a Boy 216
선택적 함구증이란 무엇일까? 220
부록 「스타 커플: 제시와 로칸」 222
감사의 말 228

프롤로그

# About a Cat

로칸은 교실 앞에 서 있었다. 서른 명의 또랑또랑한 얼굴들이 모두 로칸을 향해 있었다. 로칸 옆의 탁자에는 상자가 하나 놓여 있었고 그 안에는 풍성한 털을 자랑하는 동물이 한 마리 들어 있었다. 사실 이 존재는 그냥 동물이라기보다 이 집의 '가족'이며 '기적'이다. 그리고 바로 이 존재가 소년을 이 순간과 마주하게 해주었다. 여덟 살 로칸은 처음으로 친구들 앞에 서서 발표를 하려고 한다. 본인이 직접 고른 주제인 사랑하는 반려 동물, 아름다운 버만 고양이, 제시에 대해.

2년 전 제시가 우리의 삶으로 들어오기 전까지만 해도 로칸이 이렇게 앞에 나가 반 친구들에게 말을 한다는 것은 두껍고 높은 벽을 뚫는 것처럼, 거의 불가능한 사건에 가까웠다. 로칸은 '선택적 함구증'이라는 매우 안타까운 불안 장애를 안고 산다. 반 친구들이나 선생님 앞에서 말을 잘하지 못하고 특히 새 학기 초반에는 아예 입도 뻥끗하지 못한다. 하지만 제시가 집에 오면서부터 로칸의 상태는 눈에 띄게 좋아졌다. 그러던 2012년 12월, 반 아이들이 돌아가면서 자기가 관심 있는 주제로 짧은 이야기를 하는 '내가 주인공' 시간이 있었다. 로칸 차례가 돌아왔을 때 선생님은 조심스럽게 로칸의 의사를 물었다. 선생님도 놀랐고 나도 놀랐다. 로칸이 하겠다고 대답한 것이다.

로칸은 당연히 고양이 '제시'를 주제로 하고 싶다고 했고 우리는 선생님에게 고양이를 학교로 데리고 가도 되는지를 먼저 물어보았다. 스피치는 짧게 하고 볼거리를 많이 준비하기로 했다. 로칸이 내용을 정했다. 지난여름 제시가 '캣츠 프로텍션(Cats Protection. 집 없는 고양이들에게 집을 찾아주고 대중에게 고양이에 대해 알리는 영국의 자선 단체)'에서 주최한 〈내셔널 캣 어워즈〉에서 '올해의 고양이 상'을 탄 것을 이야기하기로 했다. 준비를 철저히 해서인지 발표 날 로칸의 기분도 더없이 좋아 보였다. 로칸은 고양이 물건을 따로 가방에 넣고 평소대로 학교에 갔고 나는 집으로 돌아와서 제시를 데리고 다시 학교에 갔다. 고양이 이동가방의 푹신한 담요 안에서 편안히 누워 있는 제시를 선생님에게 전해주고 복도에 나와 조마조마한 심정으로 기다렸다.

둘 중 하나였다. 로칸이 자신감을 갖고 잘 해내거나 아니면 아예 아무 말도 못하고 발표를 망치는 것. 다행히 로칸이 헤매거나 당황하면 친한 친구 조지가 바로 나와 도움을 주기로 했다. 게다가 로칸은 근래에 학교에서도 말을 꽤 잘하고 있지 않은가. 걱정했던 것보다 훨씬 잘할 수도 있다. 아니 그렇게 믿고 싶었다.

손톱을 잘근잘근 물어뜯던 10분이 지나고 로칸이 교실 문을 열고 나오는 모습을 보자 심장이 철렁 내려앉았다. 아이의 얼굴에 환한 미소가 떠오르자 그제야 기쁨이 파도처럼 밀려왔다. 아이가 교실로 다시 들어가자 선생님이 다가와 로칸이 훌륭히 해냈다고 말해주었다. 친구의 도움을 받을 필요도 없었고 교실에 있는 고양이를 보며 신기해하는 친구들의 질문까지 받아 전부 답변을 해주었다는 것이다. 아이는 고양이가 받은 상에 대해 설명해주고 사보이 호텔에서 열린 〈내셔널 캣 어워즈〉 행사에 대해 설명한 후, 『사이먼의 고양이Simon's Cat』 시리즈의 원작자인 사이먼 토필드가 보내준 아름다운 사진도 보여주었다고 한다. 선생님은 로칸이 발표하는 사진을 보여주면서 로칸이 큰 허들을 넘어 기쁘다고 말했다. 서른 명의 아이들 앞에 서서 무사히 이야기를 마쳤다니. 로칸과 우리 가족에게 일생일대의 사건이었던 것이다.

여러 가지 감정이 북받쳐 올랐지만 꾹 참고 얼른 제시를 집으로 데리고 갔다. 도착해서는 잠시도 참지 못하고 바로 컴퓨터를 켜고 페이스북의 친구들에게 이 기쁜 소식을 알렸다.

> 로칸이 제시를 학교에 데리고 가서 반 전체 아이들 앞에서 제시에 대해 발표를 했어요! 〈내셔널 캣 어워즈〉에 대해서 이야기하고 질문도 받아서 대답해줬답니다. 제시 없이 혼자였다면 하지 못했겠죠. 제시는 하늘이 우리에게 내려준 큰 축복이에요. 이 고양이 족보 이름Pedigree Name이 '블루진 엔젤Bluegenes Angel'인데 정말 이름값 하지요?

사람들도 감격했다. 그동안 아이가 얼마나 힘겹게 한 걸음 한 걸음 내딛으며 여기까지 왔는지 죽 지켜보았던 사람들이다. 격려와 축하 메시지가 쏟아졌다. 그들은 모두 이 발표 하나가 우리에게 얼마나 경이로운 사건인지를 알았던 것이다. 우리 가족도 이 멋진 고양이에게 또 한번 고마워했다. 제시는 가장 순수한 의미에서, 우리 집에 내려온 천사였으니까.

1장

# 새로운 시작

2003년 크리스마스 몇 주 전, 두 살짜리 아들 루크를 같은 나이 친구의 생일 파티에 데리고 갔다. 아이들이 떠들썩하게 노는 동안 나는 둘째 출산일이 가까운 엄마와 또다른 임산부와 즐겁게 수다를 떨고 있었다. 그러던 중 갑자기 묘한 기분이 들었다. 그러다 다가올 크리스마스와 연말 준비만으로도 바쁜데 무슨 쓸데없는 생각인가 싶어 얼른 그 생각을 밀어냈다.

그해 크리스마스도 늘 하던 대로 집에서 남편 데이비드, 두 아들 아담과 루크 그리고 우리 동네 가까이 살고 있는 엄마와 조촐하게 보내기로 했다. 그런데 갑자기 또 그 복잡하고 미묘한 감정이 들었다. 마침 일반의[GP]이기도 한 남편에게 말했다.

"여보, 나 임신한 것 같아. 아니 임신한 거야. 임신했어."

"또 시작했네." 그는 픽 웃음을 터뜨렸다.

"당신은 항상 임신한 것 같다고 하잖아."

우리는 임신을 계획하고 있지는 않았고 남편은 내 상상이라고 일축했다. 하지만 나는 그렇게 단정지을 수 없었다.

박싱데이Boxing Day, 크리스마스 다음날에 나는 트래퍼드 쇼핑센터로 튀어 나가 — 이런 쇼핑의 메카가 우리 집 바로 앞에 있다니 정말 위험하다! — 매장에서 세일하는 예쁜 옷을 잔뜩 집어 들고 계산대 앞에 줄을 섰다. 그런데 자꾸 이런 생각이 들었다.

'어차피 몇 달 후면 입지도 못할 옷들을 왜 사고 있지?'

집에 와서 다시 데이비드를 불렀다.

"나 임신했다니까. 맞아. 임신한 게 확실해. 뭐라고 설명은 못하겠는데 그냥 느낌으로 알아."

그는 내 말을 믿었다기보다는 입을 다물게 할 목적으로 바로 나가서 임신 테스트기를 사왔다.

욕실 문을 닫고 테스트를 했다. 테스트기의 파란 선은 내가 이미 느꼈던 것을 확실하게 확인시켜주었다. 아무 말 하지 않고 결과물을 남편에게 보여주었다.

그가 말했다. "아, 당신 말이 맞구나."

계획했던 임신은 아니었지만, 우리는 이 사랑스러운 깜짝 선물에 감사해했다.

데이비드를 만나기 전의 첫 결혼에서 낳은 큰아들 아담은 벌써 열여섯 살이었고, 데이비드와 나 사이에서 태어난 루크는 두 살이었으니, 또 한 명의 아이는 우리 가족을 더욱 완벽하게

완성시켜줄 것 같았다. 아기 3호가 우리에게 온다는 사실을 알자마자 나는 이 걱정부터 했다. '이름을 뭐로 하지?' 남편이 아일랜드 출신이기에 아일랜드식의 딸 이름을 수없이 떠올려보았지만 이상하게 아들 이름 앞에서 자꾸 생각이 멈췄다. 그래서 다시 열심히 아들 이름을 찾아보기 시작했다. 루크를 임신했을 때는 조지라는 이름을 미리 골라 두었지만 막상 태어난 아이가 조지라는 이름과는 영 어울리지 않아서 루크로 바꾸었었다. 이번에는 뭔가 고풍스럽고도 특별한 이름으로 짓고 싶었다. 인터넷으로 아기 이름 사이트를 열심히 뒤지다 로칸Lorcan이라는 이름을 발견했다. 그뒤로는 다른 이름을 아무리 봐도 자꾸 '로칸'만 눈에 들어왔다. 이 이름의 뜻은 '불의 전사'라고 한다.

20주 후 우리 부부는 산부인과에 정기검진을 하러 갔다. 나는 초음파 기사에게는 아이의 성별은 알고 싶지 않다고 말했다. 그녀는 아이의 성별을 말해주지 않았고 초음파 기계를 아주 빨리 움직였지만, 우리 부부는 이번에도 아들이라는 사실을 알았다. 의사와 간호사인 우리에게 이런 것쯤은 식은 죽 먹기였던 것!

첫 아이 아담을 낳고 3년 동안 산부인과 간호사 공부를 했고 병원에 취직을 했다. 굉장히 보람 있는 일이라 생각하며 만족스럽게 일했다. 약하고 여린 아기들이 이 세상에 처음 나올 때 도와줄 수 있다는 사실이 마음에 꼭 들었다.

루크가 태어나기 전부터 나는 우리 집에서 골목 하나만 돌면 나오는 트래퍼드 종합병원의 산부인과에서 일했다. 하지만 로칸을 임신하고 나서는 근무시간을 줄이고 또 줄여서 일주일에 하루만 밤 근무를 했다. 이곳에서 워낙 오래 일했고 익숙해서인지 로칸을 출산할 때는 내가 생각해도 굉장히 느긋한 편이었다. 진통도 매우 짧았다. 첫번째 진통이 오자마자 바로 병원에 전화를 했는데 분만을 도와줄 간호사가 가장 친한 친구인 나탈리 웹라일리였기에 여러모로 마음이 편했다.

태어난 아기의 얼굴에 약간의 충격이 서려 있었던 것도 같다. 아마 생각보다 세상에 너무 빨리 나와서 놀랐을지 모른다. 하지만 금세 안정을 찾았고 예쁜 갓난아기의 모습으로 돌아왔다. 마침 분만실에 같이 있었던 남편도 아기를 안아보았다. 일단 소아과 의사가 아기를 검사해야 해서 데이비드는 집으로 가서 동생을 기대하고 있는 루크를 데려오기로 했다. 병원 복도를 뛰어오는 발소리와 목소리만 듣고도 루크라는 걸 알았다. 아이는 병원이 떠나갈 정도로 "엄마, 엄마!" 하고 불렀다. 아마 병원의 모든 사람들이 루크의 들뜬 마음을 알았을 것이다.

루크는 아기를 한 번 흘끗 보긴 했지만 내가 입고 있던 병원복에 더 관심을 갖는 것 같았다. 베티붑이 그려져 있었기 때문이다! 우리 부부는 동생이 생기는 모든 과정에서 루크가 소외된 기분을 느끼지 않기를 바라는 마음에서, 마치 아기가 가져온 선물인 것처럼 하면서 루크가 평소 갖고 싶어했던 피터 팬 액션 피겨를 선물해주었다.

병원에는 몇 시간만 입원해 있다가 퇴원했다. 그동안 환자들을 보살펴왔기에 내 몸 상태가 꽤 괜찮다는 것을 알았고 앞으로 스스로를 어떻게 돌봐야 하는지도 잘 알았다. 다른 간호사들에게 내 시중을 들게 하고 싶지도 않았다. 그들이 이미 충분히 바쁘다는 사실을 누구보다 잘 알았기 때문이다. 물론 피곤하긴 했지만 출산이 워낙 순조로웠고, 로칸의 몸무게가 3.45킬로그램으로 정상이었기에 병원에서는 심지어 내 침대조차 마련해주지 않았다. 나는 집에 갈 준비가 되어 있었다.

병원에서 아기를 데려왔지만 루크는 그렇게까지 동생을 신기해하거나 귀여워하지는 않았다. 아기를 잠깐 본 다음부터는 별로 관심 없는 척하기로 작정한 것 같았다. 또 아담은 이미 한 번 겪어본 일이었으므로 갓난아기를 우주 최고의 신비로 보지 않는 것 같았다.

집에 오자마자 엄마가 와주었지만 나는 이미 일어나서 걸어다닐 수 있을 정도로 회복이 빨랐다. 그 주에 남동생과 조카들이 집에 왔다 간 다음부터는 곧 평범한 일상을 준비하기 시작했다.

로칸은 사랑스러운 아기였지만 너무 많이 우는 탓에 루크는 당황했다. 주변이 시끄럽거나 살짝만 건드려도 아이는 얼굴이 빨개지며 온몸을 비틀며 울었고 아이가 울 때마다 루크는 손으로 귀를 틀어막았다. 유난히 심하게 울던 날은 나에게 이렇게 애원하기도 했다. "엄마, 아기 그냥 다시 데려다주면 안 돼요?"

밤은 더욱 전쟁으로 변했다. 루크는 교과서 같은 아이라 아기 침대에 뉘어주면 그대로 잠이 들었었지만 로칸은 밤만 되면 잠을 자지 않으려 안간힘을 쓰는 것 같았다. 루크가 아기였을 때 데이비드는 먼 직장에 출근하기 위해 새벽에 일어났고 그때 잠깐 시간을 내서 아기에게 우유를 먹이곤 했다. 하지만 로칸이 태어나자 아직 어린 두 아이를 돌보기 위해 우리 부부는 협동 작업을 해야 했다. 아침이면 데이비드는 세 살이 된 루크를 돌봐주었고 로칸은 내가 전담했다. 남편은 여전히 출근 때문에 일찍 일어나야 했기에 아기가 울어도 밤과 새벽에는 어떻게든 잠을 잤다.

조금씩 개월 수가 늘어나면서 로칸은 낮에는 더없이 순한 아기가 되었다. 특히 밖에 나가는 걸 좋아했다. 엄마와 나는 비가 오는 날이면 아기를 데리고 트래퍼드 쇼핑센터로 향하곤 했다. 외출도 할 수 있고 쇼핑센터 내에선 유모차를 끌고 다니기도 편했기 때문이다. 루크가 아기였을 때는 쇼핑센터 가는 일이 고역이었다. 보는 것마다 사달라고 하거나 울고 떼를 쓰는 바람에 얼른 쇼핑센터에서 나오곤 했던 것이다. 반면 이런 면에서 로칸을 데리고 나가는 건 훨씬 편했다. 때로는 쇼핑을 도와주기도 했는데 가끔 엄마가 아기에게 이렇게 물어본 것이다. "이게 예뻐, 저게 예뻐? 이중에서 할머니 뭐 할까?" 그러면 아기는 유모차에 앉아 손가락을 꼬물거리며 한쪽을 가리켰다. 그렇게 우리 모녀는 쇼핑센터의 옷가게들을 돌면서 지루한 시간을 달랬고 로칸은 칭얼거리지도 않고 방글방글 웃고 있었다.

아이가 기고 걸을 수 있게 되자 루크가 드디어 동생에게 흥미를 보였다. 둘이 같이 바닥에 앉아 노는 모습을 보니 그제야 안심이 되었다. 혹시라도 루크가 동생을 거부하면 어쩌나 걱정했던 것이다. 처음 루크가 아기를 향한 진짜 관심을 보여준 건, 차고 한쪽을 개조해 놀이방을 만들었을 때였다. 로칸이 7개월 정도 되었을 때 어린이집에서 돌아온 루크에게 새로 카펫을 깔고 아기자기하게 장식한 놀이방을 보여주었다.

"엄마 엄마, 진짜 좋아요. 이 방에서 놀아도 돼요? 로칸이랑 같이 놀고 싶어요." 루크가 말했다.

엄마로서 정말로 기뻤다. 루크가 처음으로 동생과 무언가를 같이 해보고 싶다고 했으니까. 하지만 엄마의 걱정은 전혀 필요 없었다는 듯 얼마 후부터 루크는 누구보다 동생을 아꼈고 보호자를 자청하기도 했다. 로칸이 8개월 정도, 루크가 네 살이었을 때 아이들을 동네의 작은 키즈 카페로 데리고 갔다. 아이들이 볼풀에서 놀고 있는데 어떤 여자아이가 실수로 로칸을 툭 찼다. 사실 찼다기보다는 실수로 살짝 건드린 수준이었다. 로칸은 다치지도 않았고 울지도 않았다. 그런데 루크가 오히려 눈을 부릅뜨더니 이 불쌍한 꼬마 숙녀에게 한마디 하는 것이었다. "너 방금 우리 동생 찼지? 그러지 마."

그날 이후 형은 동생을 정성껏 보살펴주는 착한 아이로 자라났다. 어른들이 해줄 수 없는 수천 가지 방식으로 말이다.

안타깝게도 트래퍼드 종합병원 산부인과는 로칸이 태어난 후 문을 닫았지만 우리 가족에게 큰 의미가 있는 장소였다. 로칸이 태어난 병원이고, 데이비드와 내가 2000년에 처음 만난 곳이기 때문이다. 사실 불꽃이 튀는 첫 만남은 아니었다. 솔직히 우리가 언제 처음 만났는지도 기억나지 않는다. 아마 내가 그에게 처음으로 건넨 말은 이런 종류가 아니었을까? “선생님, 이 처방전에 사인 좀 해주시겠어요?” 혹은 “오셔서 환자 좀 체크해주시겠어요?”

하지만 우리는 한 병동에서 같이 일했고 곧 스스럼없이 친해졌다. 데이비드와 몇몇 동료 의사들은 6개월 교대로 근무했는데 우리 병원 근무를 마친 후에 송별 파티를 열기로 했다. 그날 밤 모두 시끌벅적하고 재미있는 시간을 보냈다. 당시 데이비드는 병원에서 생활했고 나는 병원 바로 옆에 살았기에 파티가 끝나고 같이 귀가하게 됐다. 그때부터 우리 관계가 발전했다. 솔직히 그는 내 이상형은 아니었지만, 우리는 친구처럼 잘 지냈고 대화가 잘 통했다. 본격적으로 사귀기 시작하면서부터 우리가 앞으로 오래 함께하리라는 것을 직감했다.

나는 스무 살에 아담을 낳았고 데이비드를 만나기 전 12년 동안 싱글맘으로 살아왔다. 물론 쉬운 길은 아니었다. 수많은 우여곡절도 겪었으나 항상 내 편이었던 부모님과 살았기에 정신적으로 많이 의지할 수 있었다. 또 부모님 덕분에 간호사 공부도 마치고 3교대 일도 무사히 할 수가 있었다. 간호사 일은 예측할 수 없는 상황이 많이 생긴다. 교대 시간이 끝났는데도 산모가 나를 찾으면 정시에 퇴근할 수가 없다. 그래서 집에서 내 아이를 책임지고 돌봐줄 사람이 있다는 것이 무척 중요했다. 밤 근무를 한 다음날 낮에는 아담과 보낼 시간이 많아서 좋았다. 엄마의 차도 마음껏 이용할 수 있었고 육아 걱정도 없었으니 싱글맘으로 일하기엔 그래도 최적의 환경이 아니었나 싶다. 내 아버지는 아담이 다섯 살일 때 돌아가셨고, 엄마는 아직 젊다고 할 수 있는 나이에 혼자가 되셨기에 우리는 더욱 서로를 의지하며 살았다.

큰아들 아담은 잔소리를 하거나 혼낼 일이 전혀 없는 착한 아이였다. 열여덟 살까지 정식 진단을 받지 않았으나 사실 아담은 아스퍼거 증후군이었다. 원래 이런 성향의 아이들이 규칙을 잘 따르기 때문에 정상적인 아이들보다 더 얌전하고 키우기도 쉽다.

데이비드와 아담은 처음 만났을 때부터 잘 지냈고 지금도 잘 지낸다. 두 사람이 만났을 때 아담은 열두 살이었는데 그때도 워낙 조용하고 착실한 아이라 어른이건 아이건 힘들게 하는 법이 없었다. 그래서 아마 더 쉽게 친해질 수 있었던 것일 테다.

사실 둘째인 루크를 임신한 건 예상 밖의 일이었다. 데이비드와 나는 그렇게 오랜 기간 만난 것이 아니었기에 아이를 고려하기에는 아직 이른 시점이었다. 하지만 그즈음 특별한 이유 없이 피곤한 날들이 이어졌고, 짚이는 바가 있었다. 데이비드와 충분히 가까운 사이라 느꼈기에 나는 그에게 '아무래도 임신한 것 같다'는 이야기를 했다. 언제나 가족을 원했던 그는 내가 말을 하자마자 자신도 원하던 일이라고 대답했다. 같이 임신 테스트기를 샀고 임신이 확인된 그 순간부터 그는 늘 싱글벙글댔다.

반면 나는 걱정과 불안이 가시지 않았다. 아기 때문이 아니라 출산이 겁이 났다. 다른 많은 여성들처럼 나 또한 첫 아이를 굉장히 힘들게 낳았고 산부인과에서 일하면서 끔찍한 장면들을 수 없이 보았기 때문이었다. 또한 이전에 임신한 지가 너무 오래되어 건강상의 문제가 있을까봐 걱정했다. 하지만 기대에 부푼 데이비드 앞에서 불안을 드러낼 수는 없었다. 그때 우리는 이미 삼십대였고 나에게 이미 아들이 하나 있었으니 만약 아이를 더 낳지 않았더라도 만족하며 살았을지 모른다. 그럼에도 불구하고, 계획을 했건 하지 않았건 임신은 축복이었다. 우리에게 찾아온 아기는 무조건 예쁘다. 임신하는 순간부터 절대적으로, 주체할 수 없는 사랑에 빠져버리는 것이다.

임신 3개월이 되었을 때 엄마 집에서 가까운 곳에 작은 원룸 아파트를 빌렸다. 그 무렵 데이비드는 굉장히 멀리 있는 병원에서 일하게 되었고 우리는 주말에만 함께 시간을 보냈다. 2001년 5월 루크가 태어났다. 태어날 때부터 엄마를 전혀 고생시키지 않은 이 아이는 모든 엄마가 바라는 꿈의 아기였다. 태어난 지 3주 만에 활짝 웃었고 빨리 앉았으며 모든 면에서 발달이 조금씩 빨랐다.

데이비드와 나는 둘 다 사회적 관습이나 남들 시선을 신경 쓰지 않는 스타일이었다. 루크가 우리 곁에 올 날이 얼마 남지 않았어도 굳이 결혼반지를 끼어야 할 필요를 느끼지 못했다. 2003년 로칸을 임신했을 때 우리는 이미 약혼을 한 상태였지만, 양가 부모님이 강력히 바라셔서 결국 결혼을 했다. 로맨틱한 프러포즈도 없었고, 값비싼 결혼식은 원치 않았다. 그저 정식 부부가 되면 그만이었다.

그해 3월 들어 처음으로 따뜻한 봄 햇살이 비추던 날, 우리는 친구 부부와 친구 아이, 우리 아이와 함께 트래퍼드Trafford의 세일Sale에 있는 등기소에 가서 혼인신고를 하고, 가까운 친지와 친구들을 초대해 집에서 작은 파티를 열기로 했다.

데이비드는 갖고 있던 정장을 입었고 나는 그전에 충동적으로 사둔 드레스를 입었다. 사실 결혼을 하기로 했으면서도 별다른 준비는 하지 않았는데, 엄마와 같이 평소처럼 쇼핑을 하다가 무릎까지 오는 자줏빛 실크 드레스를 발견했다. 엄마는 이 옷이 내게 웨딩드레스로 잘 어울린다고 — 아주 튀지도 않고 아주 무난하지도 않은 것이었다 — 해서 바로 구입했다. 그 드레스를 산 것이 계기가 되어 데이비드와 의논해 구청에 전화를 걸었다. 구청에서 가능하다고 하는 날짜에 결혼을 하기로 했다. 아주 현실적이고 실질적이었다. 우리는 원래 그런 사람들이니까.

그래도 예식은 또렷이 기억에 남는다. 아마도 결혼식 중 최단 시간을 기록하지 않았을까? 15개월밖에 안 된 우리 아들 루크가 구청 복도를 이리저리 뛰어다니다가 뒤쪽의 방화문을 열려고 했기 때문에 가능하면 빨리 끝낼 수밖에 없었다. 집으로 오는 길에 기분을 내보고자 세일 근처에 있는 펍인 잭슨스 보트에 들러 결혼식 증인이 되어준 줄리와 키어란 부부와 축하주를 따르고 건배를 했다. 루크보다 몇 달 더 빨리 태어난 그들의 아이 다니엘도 함께였다. 딱 한 잔 마셨을 때 우리는 주인에게 나가달라는 부탁을 받았는데, 아기들이 너무 까불고 소란을 피워 손님들을 귀찮게 했기 때문이었다. 하지만 다행히도 집에서 엄마와 베라 이모가 근사한 뷔페를 준비해서 기다리고 있다고 연락이 와서 다 같이 길을 재촉했다.

준비 없이 급하게 날짜를 잡아 번갯불에 콩 구워 먹듯 치른 예식이었지만 그만하면 충분히 근사한 시간이었다. 시간이 촉박해서 아일랜드에 사는 시댁 식구들이 올 수 없었던 건 아쉬웠지만 우리는 그날 오후 가족과 친구들과 행복하고 평화로운 시간을 보냈다. 그 웨딩드레스는 아직도 2층 내 방 옷장에 걸려 있다. 치마 한가운데 흘렸던 와인 자국이 그대로 남은 채로!

2장

# 로칸, 릴리 그리고 웃음

로칸은 2004년 9월 12일에 태어났다. 그날은 둘째 루크가 어린이집에 처음 나가기로 한 날이었다. 우드하우스 초등학교의 부설 어린이집이라 학교의 학사 일정에 맞춰서 시작하지만 우리 집 사정을 설명하자 루크의 입학을 몇 주 후로 미뤄주기로 했다. 어린이집에 가는 첫날엔 로칸을 엄마에게 맡기고 루크의 손을 꼭 잡고 어린이집까지 걸어갔다. 루크는 긴장한 얼굴로 문 앞에서 내 손을 꼭 잡았지만 다른 아이들이 뛰어노는 것을 보자 금방 얼굴이 밝아졌다. 아이는 망설이지 않고 뛰어 들어가 바닥에 앉더니 장난감 자동차와 듀플로 블록을 갖고 놀기 시작했다.

루크는 어린이집에 하루 두 시간 반씩만 있었는데 오전에 가기도 하고 오후에 가기도 해서 준비하고 나가는 것이 쉽지는 않았다. 아침에 일찍 갔다가 11시 30분에 데리러 갈 때도 있었고 아이랑 셋이 함께 오전 시간을 보내고 오후 1시에 데리고 나갈 때도 있었다. 그래도 루크가 어린이집에 잘 적응해주어 다행이었다. 특히 집에 갑자기 새 식구가 생긴 것치고는 아이의 감정이나 행동은 나무랄 데가 없었다.

은퇴하고 어린이집 정문 근처에서 사는 엄마에게 도움을 많이 받았다. 보통은 아기를 엄마 집에 맡겨놓고 루크를 데리러 갔다가 엄마 집으로 다시 와서 같이 점심을 먹었다.

나는 여전히 산부인과 병동에서 일주일에 하루는 밤 근무를 했고 일손이 부족할 때는 며칠 더 하기도 했기에, 데이비드까지 일을 하는 날에는 엄마에게 아기를 맡기기도 했다. 일을 하지 않는 날에는 루크를 어린이집에 보내고 로칸과 둘이 집에만 있을 때도 있었다. 로칸은 낮에 밖에 데리고 나가면 나를 절대 힘들게 하지 않았다. 그즈음 주말에 웨일스로 가족 여행을 갔다. 루크는 몇 시간 동안 모래사장에서 모래성을 쌓거나 바닷가에서 첨벙거리고 놀았고, 로칸은 유모차에 몸을 푹 기대고 앉아 세상을 천천히 구경했다. 아이는 한 번도 안아달라고 칭얼거리지 않았다.

하지만 로칸은 밤이 오면 다른 아기처럼 변했다. 밤에 한 번도 깨지 않고 푹 자는 일이 드물었다. 그건 지금도 그렇다. 잠이 들기까지도 어렵고 중간에 한 번 깨면 침대에 등만 닿아도 안아달라며 밤새 울었다. 10개월 정도 되었을 때 로칸을 루크와 같은 방에서 재워보려고 했다. 바닥 매트에서 로칸이 자고 서랍과 사다리가 있는 침대에서 루크가 잤다. 며칠 후 아침에 그 방에 들어가 보니 로칸이 사다리를 타고 루크의 침대로 기어 올라가려 하고 있었다! 엄마의 본능으로 잽싸게 몸을 날려 늦지 않게 아이를 잡을 수 있었다. 그다음부터는 우리 침대에서 로칸을 재웠지만 이 또한 이상적인 잠자리는 아니었다. 그나마 낫긴 했지만 아이는 언제나 잘 깨고 뒤척였다.

로칸이 아직 아기였을 때 손짓 발짓으로 베이비 사인을 가르쳤다. 그때는 그런 것을 가르쳐주는 문화센터 강좌가 없었기에 베이비 사인 책을 한 권을 사서 몇 가지 간단한 표현만 가르쳐주었다. 아이는 금방 깨우쳤고 나는 그제야 육아 부담을 한시름 놓을 수 있었다. 피곤하거나 배가 고프거나 우유가 마시고 싶으면 무작정 울지 않고 의사 표현을 했던 것이다.

로칸은 말을 아주 일찍 시작했다. 언제 첫 옹알이를 했는지는 기억나지 않지만 바바, 다다, 마마 같은 평범한 아기들의 음성이었던 것 같다. 그렇게 옹알이를 하다가 역시 평범한 수순으로 말을 배워갔다. 두 살 정도 되자 정확한 문장을 구사했는데 세 살이나 많은 형과 거의 비슷한 수준이었다. 한 번은 내 친구이자 로칸을 낳을 때 옆에 있었던 간호사인 나탈리의 전화를 로칸이 받아서 나를 바꾸어주자 그녀가 물었다. "방금 전화 받은 거 루크지?" 내가 로칸이라고 말하자 그녀는 아직 어린 아기가 발음이 아주 정확하다며 깜짝 놀랐다.

로칸이 한 살 반 정도 되었을 때는 엄마가 실수로 닫은 차문에 로칸의 검지가 낀 적이 있다. 우리 불쌍한 엄마는 몹시 미안한 나머지 아기를 차마 보지도 못했고 같이 병원에 가지도 못했다. 물론 나도 혼이 나갈 지경이었다. 아직 내 눈엔 만지면 부서질 것만 같은 어린 아기였으니까. 트래퍼드 종합병원 응급실에 급하게 도착하자 간호사가 로칸의 생년월일을 물었다. 어찌나 정신이 없었는지 머리가 하얘져 아이 생일도 기억이 나질 않았다. 나는 계속 울기만 했다. "네? 뭐라고요? 잘 모르겠어요."

자세히 보니 손가락 끝만 살짝 다친 것으로 뼈가 부러지거나 근육이 손상된 건 아니었다. 더 큰 사고일 수 있었다고 생각하니 이만한 게 다행이었다. 그래도 로칸은 미친 듯이 울어댔고 가뜩이나 복잡한 대기실에서 우리는 다른 환자들의 눈총을 받으며 한참을 기다렸다. 안내를 받고 엑스레이실로 갈 때까지도 아이는 얼굴이 새파랗게 질릴 만큼 젖 먹던 힘을 다해 울어젖혔다. 하지만 여의사가 엑스레이를 켜자 로칸은 갑자기 울음을 뚝 그치고 엑스레이를 쳐다봤다. 아마 병원 전체가, 아니 맨체스터 주민 절반은 로칸의 울음소리를 들었을 텐데, 라이트박스에 비친 자기 손의 이미지를 보자마자 시선을 고정한 것이다. 나는 그제야 큰 한숨을 쉬었다. 아이 상태가 생각보다 더 괜찮았기 때문에, 또 드디어 울음을 그쳤기 때문에!

로칸이 예쁘장하게 생긴 까닭에 쇼핑할 때 데려가건 데이비드가 신문을 사러 가판대에 함께 가건 낯선 어른들은 로칸을 보면서 웃거나 귀엽다며 말을 걸었다. 하지만 누가 말을 걸면 아이는 카운터 뒤로 숨어버렸다. 집에서 가족들과는 즐겁게 대화를 나누고 새로운 단어를 바로 바로 익혔기 때문에, 아이가 한두 살 때는 모르는 사람 앞에서 수줍어하고 숨는 건 당연하다고 생각했다. 무슨 문제가 있을 거라곤 생각한 적이 없었다. 그냥 그 나이 아이들의 정상적인 낯가림이라고만 여겼다. 지금 와서 돌아보면 아주 어렸을 때부터 분명 로칸에게는 특이한 징후들이 있었다. 다만 그때는 아주 어렸기 때문에 뭔가 다르다는 생각을 하지 못한 것이다.

사실 로칸이 일반적인 의미에서 수줍음을 심하게 타는 아이는 아니다. 모르는 사람에게 무언가를 던지기도 하고 씩 웃어주기도 한다. 아주 어렸을 때도 엄마의 코트 안으로 파고든다거나 다리 사이로 들어가거나 하는, 아이들이 부끄러울 때 하는 고전적인 행동은 하지 않았다. 사실 그보다는 대체로 뚱하고 무표정했다고 할 수 있다. 누가 말을 걸면 그저 멍하니 쳐다보고 대답을 하지 않았다.

18개월쯤 된 로칸은 우리 집에서 으뜸가는 수다쟁이였다. 어느 날 점심, 데이비드는 나와 나탈리를 태우고 간호사 친구들과의 점심 약속이 있는 트래퍼드 쇼핑센터에 내려준 적이 있다. 로칸은 집에서부터 나탈리네 집에 갈 때까지는 쉬지 않고 재잘대다가 나탈리가 차에 타자마자 입을 꾹 다물었다. 그다음부터는 카시트에 앉아서 단 한마디도 하지 않았다.

물론 아직 두 돌도 안 되었기에 아기의 이런 행동이 그렇게까지 특이한 건 아니었다. 하지만 다른 아이들은 어른 앞에서만 그러는 편인데 반해 로칸의 침묵은 또래 아이들 앞에서도 이어졌다.

로칸이 두 살이었을 때, 베라 이모가 엄마 집에 놀러오면서 로칸과 비슷한 나이인 손자 제이콥을 데려왔다. 엄마는 로칸이 평소에 워낙 명랑하니 제이콥과도 잘 놀거라 생각했고, 내가 밤 근무를 마치고 자고 있을 때 로칸을 데리고 갔다. 그때 로칸은 두 시간 동안 제이콥과 단 한마디도 하지 않았다고 한다. 제이콥은 계속 말하고 놀았지만 우리 아들은 입술도 떼지 않았다는 것이다. 그때도 우리는 어떤 상황에서 유난히 수줍어하거나 조심스러운 아이가 있게 마련이며, 어린이집이나 학교에 가면 자연히 괜찮아질 거라 생각하고 대수롭지 않게 넘겼다. 사실 어느 엄마라도 이 시기에는 나처럼 생각했을 것이다. 다만 똑같은 상황이 반복, 지속되자 문제가 되기 시작한 것이다.

2007년 5월 루크의 생일에 루크의 학교 친구들 아홉 명을 초대해 집에서 아이들을 위한 과학 파티인 '매드 사이언스 파티'를 열어주었다. 로칸은 형의 친구들을 거의 다 알고 있었다. 파티 담당자가 소년들에게 여러 가지 과학 실험 도구들을 보여주었고 아이들은 서로 먼저 해보려고 하면서 즐거운 시간을 보냈다. 하지만 그 시간 내내 로칸은 어떤 활동에도 참여하려 하지 않았고, 말 한마디 하지 않아서 나도 살짝 의아해했던 기억이 난다.

몇 달 후. 로칸이 세 살이 된 지 얼마 되지 않은 화요일이었다. 집 근처에 아이들이 갖고 놀 장난감이 아주 많은 조기 교육 센터Early Learning Center라는 곳에 갔다. 로칸과 비슷한 나이의 남자 아이가 들어오자 로칸은 기겁할 것처럼 놀라 몇 걸음 뒤로 물러섰다. 그 모습을 보았을 때 나는 우리 아이가 뭔가 다르다는 생각을 했다.

로칸은 주변에 우리 가족만 있다는 사실을 알면 시끄럽고 활발한 장난꾸러기 꼬마였다. 언제나 그랬다. 로칸이 두 살이었을 때 가족 모두가 파리 디즈니랜드에 휴가를 간 적이 있었다. 로칸은 50분간의 비행 동안 계속 소리를 질렀고 공항에 도착하자 약간 지쳤는지 얌전해졌다.

짐을 기다리면서 아이의 휴대용 변기를 가지고 구석으로 갔다 — 비닐봉지가 안에 들어서 나중에 쉽게 버릴 수 있는 플라스틱 장치였다 —. 로칸이 소변을 본 다음 나는 소변 봉지를 묶고서, 로칸에게 내가 그걸 버리고 올 때까지 잠깐만 통을 들고서 있으라고 말했다. 꼬마는 차분히 그걸 받아들더니 조용히 수하물 컨베이어 벨트 위에 올려놓고서 그것이 돌아가는 장면을 만족스러운 미소를 띠고 바라보았다. 로칸에게 휴대용 변기를 어디다 두었냐고 물으니 만면에 미소를 띠우고 손가락으로 가리켰다. 탑승객들이 아이의 휴대용 변기를 보았을까봐 얼른 뛰어가 집어왔다.

호텔의 선물 가게에는 디즈니 관련 기념품들이 가득했다.

로칸은 좋아서 정신을 못 차렸다. 우리는 아이가 마음에 들어 한 커다란 볼펜 하나를 사주었다. 선물 가게를 나오자마자 로칸은 몸을 들썩거리며 큰 소리로 노래를 지어 불렀다. "이건 내 왕 펜이라네. 왕 펜." 로칸은 그곳에 우리 가족만 있다고 착각을 했던 것이다. 스무 명이 넘는 사람들이 자기를 보고서 웃음을 터뜨릴 줄은 미처 몰랐던 것!

디즈니랜드에 가본 사람은 알겠지만 유명한 캐릭터인 미키 마우스나 미니 마우스, 플루토, 구피는 놀이동산에만 돌아다니는 것이 아니라 호텔이나 주변에도 수시로 나타난다. 아이들은 사진을 찍으려고 이 캐릭터 주변에 몰려들고 루크도 캐릭터들만 보면 가서 사진을 찍자고 했다. 하지만 로칸은 캐릭터 가까이로 절대 가지 않았다. 무서워하기보다는 사진을 찍을 만큼 가까이 가는 것을 온몸으로 거부했다. 하지만 밥을 먹고 있을 때 이 인형들이 다가오면 은근히 즐거워하는 눈치였다. 그럼에도 캐릭터들이 로칸에게 가까이 오라고 손짓을 하면 절대 반응하지 않았다. 나는 그때도 역시 우리가 낯선 사람과는 말하지 말라고 가르쳤으니 아이가 이런 반응을 보일 수 있다고 생각했다.

2006년 5월. 가족 모두가 아일랜드로 가서 데이비드의 가족도 만나고 그의 누이인 케일라의 결혼식에도 참석했다. 시부모님과 시누이인 스테파니가 로칸이 태어난 직후에 런던에 와서 우리를 본 것이 마지막이었기 때문에, 대부분 친척들이 18개월 된 로칸을 한 번도 보지 못했다. 우리는 다 같이 식장에 들어가 두번째 줄에 앉았다. 하지만 이날따라 로칸의 장난 본능이 심하게 발동했다. 계속 뛰어다니거나 단상에 올라가려고 했다. 잡아끌어 자리에 앉히면 꿈틀거리다가 다시 빠져나가곤 했다.

아름다운 예식이 거의 끝나가고 신부의 친구가 고운 목소리로 축가를 부르기 시작했다. 그녀가 클라이맥스 부분을 부르기도 전에 로칸은 더 크고 더 높은 목소리로 자기만의 버전인 결혼 축가를 불렀다. 로칸의 목소리가 점점 커지고 흥에 겨워지자 교회 가득한 하객들이 킬킬거렸고 우리는 부끄러워서 어디든 숨어버리고 싶었다.

결국 정도가 너무 심해져서 데이비드는 로칸을 밖으로 데리고 나갔다. 루크도 따라갔다. 그러자 두 녀석이 한 팀이 되어 장난을 치기 시작했다. 일이 있어 근처 묘지에 꽃을 두러 갔는데 루크와 로칸이 말 그대로 무덤 사이를 헤치며 춤을 추어서 당황한 순간도 있었다. 물론 우리는 빨리 아이들을 챙겨 호텔로 갔다.

다음날 데이비드와 로칸은 아침을 먹으러 가다가 객실 앞에 달려 있는 '방해하지 마시오' 사인을 보았다. "아빠 저게 뭐예요?" 로칸이 물었다. 데이비드는 안에 있는 사람이 자고 있을지도 모르니 방해하지 말아달라는 뜻이라고 차근차근 설명해 주었다. 로칸은 데이비드를 올려다보고 한 번 씩 웃더니 방문을 쾅쾅 두드리고 잽싸게 도망갔다. 아빠가 쩔쩔매며 아들 뒤를 쫓아간 건 당연한 일.

페리를 타고 집으로 오는 길, 로칸은 온 힘을 다해 날카롭게 소리를 지르기 시작했다. 엔진 소리를 싫어하는 것 같았는데 무슨 수를 써도 아이를 조용히 시킬 수가 없었다. 어느새 다른 사람들에게 거슬릴 정도가 되었지만 달랠 방법이 없어서 미칠 것 같았다. 다급한 마음에 선물 가게로 달려가서 아이 관심을 다른 데로 돌릴 물건을 찾았다. 작은 원숭이 인형 하나가 눈에 들어왔다. 귀가 찢어질 것 같은 로칸의 소리를 들으며 얼른 인형값을 지불했다. 인형을 아이 손에 쥐어주자 곧바로 소리를 멈추었다. 무사히 사건 해결!

로칸은 원숭이를 유난히 좋아했다. 이미 침실에 원숭이 인형 컬렉션이 있었으며 자기 전에는 침대 밑에 원숭이들을 나란히 세워놓는다.

“이 아이들이 날 보호해줄 거예요.” 로칸이 말했다.

“무엇으로부터 보호를 해주는데?” 나는 물었지만 아이는 설명하지 못했다.

우리 집에는 언제나 반려 동물이 있었다. 루크가 태어났을 때는 플로라는 고양이를 한 마리 데려왔지만 이미 다 큰 성묘라서 특별히 아이들과 같이 놀 일이 없었다. 물론 아이들은 고양이를 좋아했지만 고양이가 아이들에게 관심이 없었다고 해야 맞겠다. 로칸이 태어났을 때 플로는 아홉 살 정도로 고양이 나이로는 이미 늙어 있었다. 플로는 데이비드와 아담과 나, 이렇게 세 식구가 살던 조용한 집에 더 익숙했던 고양이였다. 그런데 두 소년이 같이 놀기 시작하면서 쿵쾅거리고 소리를 지르자 플로는 조용히 2층으로 올라가서 잘 내려오지 않았다!

로칸이 세 살 때 우리는 강아지를 한 마리 입양했다. 실은 아담 때문이었다. 그때 아담이 아스퍼거 증후군 진단을 받아 힘겨운 시간을 보내고 있었다. 우리는 반려 동물, 특히 개가 이러한 기질의 아이에게 얼마나 큰 도움이 되는지에 대한 글을 읽고 입양할 개를 찾기 시작했다. 한 번도 개를 키워본 적이 없어서 전혀 아는 바가 없었다. 일단 다양한 종을 찾아보았는데 계속 티베탄 테리어라는 개가 눈에 들어왔다. 그 종이 괜찮을지 백 퍼센트 확신할 수가 없어 망설였다. 그런데 인연인지 우연인지 공원을 걷다가 하얀 털에 갈색 점박이 강아지가 참 귀여워서 주인에게 물어보았다.

"이 개가 무슨 종이에요?"

"티베탄 테리어예요." 그녀가 대답했다. 나는 그 말을 듣고 깜짝할 수 없었다.

그때부터 암컷 티베탄 테리어를 찾기 위해 백방으로 수소문하기 시작했다. 굳이 암컷을 원했던 이유는 당시 우리가 『해리 포터』 시리즈를 열심히 읽었고 릴리 포터의 이름을 딴 '릴리'로 이름을 지으려고 골라두었기 때문이었다. 검은색과 베이지색은 구할 수 있었지만 더 예뻐 보였던 흰색 티베탄 테리어는 구하기 어려웠다. 인터넷을 뒤지고 수도 없이 전화해보았지만 거의 다 수컷이거나 검은색이었다. 흰색 암컷을 딱 한 마리 찾았는데, 우리 집에서 200마일이나 떨어진 다게넘Dagenham에 있었다.

하지만 우리는 망설이지 않고 총 네 시간이 걸리는 먼 길을 달려갔다. 실망하지 않았다. 정말 귀여운 흰 강아지를 만났으며 만나자마자 사랑에 빠졌던 것이다. 그 자리에서 입양을 결정하고 바로 집으로 데리고 왔다.

세 아들 모두 이 귀여운 강아지에게 첫눈에 반했다. 로칸도 강아지를 사랑했는데 처음부터 조금 거친 애정 공세를 펼쳤다. 다행히 참을성이 많은 강아지였다. 로칸은 헤드락을 걸고, 끌고 다니고, 잡아당기고 집 안을 뛰어다니며 잡기 놀이를 했다. 로칸의 행동이 꽤 거칠긴 했지만 개를 다치게 할 정도는 아니었다.

릴리에게는 바깥쪽 털과 안쪽 털이 있어서 미용을 잘해주어야 털이 엉키지 않고 윤기가 사라지지 않는다. 동네 애완견 미용실에서 질이라는 귀여운 여성에게 릴리를 맡기곤 했다. 릴리는 8주에 한 번씩은 단장을 해야 했지만 언제나 미용실 문 앞에 서서 들어가기 싫어했다. 목욕이 싫어서라기보다 나와 떨어지기 싫어서 그런 것 같았다. 하지만 집 안에서 키우는 강아지라 목욕은 꼭 시켜야 했다. 윤기가 너무 없을 때면 비용이 더 나가기도 했지만 끝나고 나면 그 돈이 전혀 아깝지 않을 정도로 예뻐졌다. 물론 너무 더러워졌을 때는 집에서 내가 목욕을 시키기도 했지만 미용실에 갔다 왔을 때만큼 예뻐지진 않았다.

로칸이 다섯 살 때, 릴리를 꽃단장을 시킨 후 눈처럼 하얗고 고운 상태로 집에 데리고 왔다. 너무 하얗다 보니 로칸은 릴리가 빈 캔버스로 보였던 모양이다. 잠깐 한눈을 팔았다가 돌아보니 릴리의 몸통에 라벤더 색 줄이 세 개 그려져 있었다. 얌전한 강아지 릴리는 이 집의 막내아들이 자기 몸에 작품 활동을 하는 동안 가만히 앉아서 몸을 맡긴 것이었다. 직접 보지는 않았어도 누구 소행인지 바로 알아차렸다. 로칸을 추궁하니 도망 다니며 배시시 웃기만 했다. 이후 며칠 동안 릴리를 산책시킬 때마다 사람들의 질문 공세에 시달렸다. 물론 우리 가족을 아는 사람들은 이것이 누구의 수작업인지 굳이 물어보지 않아도 알았다. 며칠 뒤라도 지워져서 다행이었다.

아이들이 어릴 때 전국적으로 홍역, 볼거리, 풍진 혼합백신인 MMR에 대한 두려움이 퍼진 적이 있었다. 하지만 나는 기본적으로 맞아야 할 백신은 다 맞아야 한다고 생각했다. 1988년 2월 영국의 의학전문지 《란셋Lancet》에 MMR의 부작용을 경고하는 논문이 실렸다. 이 백신이 건강한 아이에게도 자폐증을 유발할 수 있다는 내용이었다. 하지만 얼마 후 이 논문은 신빙성을 잃었다.

우리 부부도 양쪽 의견을 모두 살펴보았고 문제의 연구 논문도 꼼꼼히 읽어보았다. 그러나 우리는 위험을 감수하는 것보다는 아이들에게 백신을 맞히는 쪽으로 결론을 내렸다. 그리고 아담과 로칸은 주사를 맞히기 전부터 약간씩 아스퍼거 증상을 보이고 있었다. 지금도 아이들에게 생긴 문제는 백신 때문이 아니라 선천적인 것이라고 믿고 있다.

로칸은 아기 때부터 줄리아 자먼의 『뽀뽀는 정말 싫어!Kisses Are Yuk!』라는 책을 유난히 좋아했었다. 이 그림책의 주인공인 꼬마 잭은 안아주고 뽀뽀해주는 것을 아주 싫어한다. 아마 로칸도 그 내용에 공감했기 때문에 그 책을 더 좋아한 것 같다. 로칸은 아주 어렸을 때부터 내가 만지거나 안아주는 것을 좋아하지 않았다. 내가 루크에게 "엄마가 안아줘도 돼?"라고 물으면 루크는 "그럼 당연하지"라고 대답했다. 지금은 아이가 조금 커서 그때처럼 서로 끌어안거나 뽀뽀하고 비비대지는 않지만 지금도 부탁하면 루크는 얼마든지 나를 안아준다.

하지만 로칸에게는 그런 옵션을 기대할 수가 없다. 가끔 로칸이 화가 났을 때, 형 루크와 싸웠을 때 혹은 상처를 받는 일이 있을 때 내가 살짝 안아주려고 하면 잠시 동안은 가만히 있긴 했지만 좋아하진 않았다. 기본적으로 안는 것을 좋아하지 않았고 지금까지도 그렇다. 아이가 잘 때만 살짝 뽀뽀할 수 있다. 평소에 그랬다가는 괜한 화를 부를 수도 있다. 낮에는 장난으로라도 아이를 잡거나 뽀뽀하려는 시도를 하지 않으려고 한다. 로칸이 스트레스를 받기 때문이다. 평범한 엄마와 아들 사이에서 있을 수 있는 "아이, 엄마 귀찮아요. 저리 가!" 같은 것과는 차원이 다르다.

특히 로칸은 남이 목을 만지는 것을 싫어하는데 그쪽의 피부가 무척 예민하기 때문인 것 같다. 아기일 때부터 목은 꼭 혼자 씻었고 내가 수건으로 닦아주지도 못하게 했다. 한 번이라도 했다가는 난리를 피웠다.

로칸은 돌이 되기 전에도 깊이 잠드는 아이가 아니었기에, 루크가 학교에 다니기 시작하고 읽기 연습을 시작할 때부터 우리에게는 잠자기 전 일과가 생겼다. 데이비드가 아이들을 목욕시키고 내가 루크에게 책을 읽어주면, 데이비드가 로칸을 침대에 데리고 간다. 로칸은 옆에 누가 같이 있지 않으면 잠을 자려 하지 않기에 아빠는 아이가 잠이 들 때까지 침대에 눕거나 앉아 있어야 했다. 가끔 로칸은 아빠가 나가지 못하게 목을 끌어안기도 하고 아빠 팔을 꼭 붙잡고 잠이 들기도 했다. 그렇게나마 데이비드는 로칸을 많이 안아줄 수 있었다. 어떤 아이들은 밤에 혼자 있는 것을 진심으로 무서워하기 때문에 그냥 울게 내버려두는 건 좋지 않다. 로칸도 마찬가지였다. 어릴 때 왜 그렇게 밤을 무서워하는지 알 수 없었고 안타깝게도 아이는 말로 설명을 해줄 수가 없었다.

언젠가 우리 부부는 로칸을 엄마에게 맡기고 크리스마스 파티에 간 적이 있다. 엄마는 '로칸 재우기 작전' 같은 건 전혀 몰랐기에 그냥 아이를 눕히고 잘 자라고 인사했다. 엄마가 돌아서서 방을 나오려고 하자 아이는 이불을 내리더니 이불 속으로 초대하듯이 툭툭 치면서 애교스럽게 웃어 보였다고 한다. 엄마는 그제야 로칸이 늘 엄마 아빠와 같이 잤을 거라 짐작했다. 그래서 아이가 잠들 때까지 함께 누워 있었다. 문제는 아이가 깰까봐 침대에서 일어날 수가 없었던 것이었다. 결국 로칸의 팔을 살짝 내리고 침대에서 굴러 바닥에 떨어지는 방법으로 극적인 탈출을 했다고 한다.

우리가 로칸과 늘 안고 뽀뽀를 하는 것은 아니지만 이러한 생활 속에도 친밀감의 순간들은 매우 중요하다. 어떤 면에서는 이런 과정을 한 번은 겪었다고 할 수 있다. 몸을 만지거나 안아주는 걸 싫어하는 것은 자폐 스펙트럼 장애를 가진 — 전부는 아니다 — 아이들에게 흔히 볼 수 있는 성향으로 아담 또한 안아주는 것을 그리 좋아하지 않았다.

로칸은 어떤 식이건 애정 표현을 거부하는 편이었다. 만약 내가 "사랑해"라고 말하면 아무 반응도, 표정의 변화도 없다. 하지만 이미 아담을 키울 때 이런 경험을 한 번 해보았기 때문에 그렇게까지 속상하지는 않았다. 만약 그런 경험이 없었다면 이런 생각에 혼자 괴로워했을 것이다. '내 아들은 나를 사랑하지 않아. 왜 엄마를 사랑하지 않을까? 내가 잘못했나?' 아마 이 세상의 많은 엄마들이 그럴 것이다. '내가 뭘 잘못했지? 내가 아이와 충분한 유대감을 형성하지 못한 걸까?' 만약 로칸이 나를 사랑한다는 진심을 몰랐다면, 내 마음은 이미 산산조각이 나서 회복되지 않았을지도 모른다.

하지만 냉정해 보이고 방해받고 싶어하지 않는 것처럼 보이는 로칸이, 겉으로 그렇게 보이는 것일 뿐 속으로는 그렇지 않다는 것을, 나는 잘 안다.

데이비드 또한 이 모든 것을 자기만의 속도로 받아들였다. 그는 항상 아들에게 부드럽게 대했고 절대 강요하지 않았다. 다만 가끔 이렇게 말을 걸었다. "로칸, 이리 와서 아빠랑 신문에 나온 그림 같이 볼래?" 그러면 로칸은 아빠 옆에 가서 앉는다. 우리 부부가 소파에 앉아 책을 읽고 있으면 로칸은 그 옆 소파에 털썩 앉는다. 아주 가까이 와서 안기는 것도 아니다. 어렸을 때도 바로 옆에 달라붙거나 엄마 아빠 무릎에 앉지는 않았다. 그저 옆 소파에 앉는 것만으로도 우리는 아이의 체온과 마음을 느낀다.

물론 아이가 내 품에 쏙 안기면서 다정하게 사랑한다고 말해 주길 바란 적이 없었다고 한다면 거짓말일 것이다. 그랬다면 얼마나 좋을까? 얼마나 행복할까? 하지만 아마 로칸은 앞으로도 그렇게 하지 않을 것이다.

그리고 우리가 진짜 부모라면 로칸의 있는 모습 그대로를 받아들여야만 한다.

3장

# 어린이집 불안증

로칸의 세번째 생일이 지나고 몇 달 후인 2008년 1월. 로칸은 형 루크가 초등 예비반Reception Class, 영국의 취학 전 준비 학년에 가기 전에 다녔던 초등학교 부설 어린이집인 우드베리에 다니게 되었다. 그 건물, 교사들, 아이들이 낯익을 수밖에 없었다. 형을 데리고 오고 데려갈 때 항상 같이 갔기 때문이다. 아주 어렸을 때부터 로칸을 바닥에 내려주면 선생님들이 와서 놀아주곤 했다. 그래서 로칸이 어린이집에 갈 나이가 되었을 때 우드베리 어린이집에 가는 건 아주 자연스럽게 결정됐다.

그곳이 워낙 익숙한 환경이고 로칸은 집에서는 더할 나위 없이 활달하고 외향적인 아이였기에 말이 없고 얌전한 루크보다 더 적응을 잘할 것이라 예상했다. 하지만 그건 큰 착각이었다.

우리는 조심스럽게 다가가기로 했다. 처음엔 내가 같이 가서 로칸이 볼 수 있는 곳에 있었다. 그럴 때면 아이는 행복한 표정으로 앉아 있었다. 하지만 내가 잠시라도 떨어지려고 하면 바로 인상이 바뀌었다. 몸을 비틀며 소리를 질렀다. 처음에는 이것도 지극히 당연한 반응이라고 생각했다. 내가 눈에 안 보이고 선생님이 달래주면 괜찮아질지도 모른다고 생각해 발이 떨어지지 않아도 꾹 참고 나오기도 했다. 또 처음 몇 주는 종일반이 아니라 몇 시간만 다니는 거라 괜찮을 것 같았다. 하지만 며칠 후, 보조 교사인 게이너 씨가 나를 한쪽으로 데리고 가더니 속삭이듯 말했다.

"로칸이 모자하고 코트를 절대 벗으려고 하지 않네요. 장갑도 벗지 않아요. 수업 시간 내내요."

자기를 두고 가버린 엄마에 대한 나름대로의 반항이라는 것을 알고 마음이 아팠다. 사실 다른 두 아들은 이렇게까지 거센 거부 반응을 보이지 않았다. 루크는 약간 불안한 얼굴로 문 앞에서 내 손을 꼭 잡았다가 금방 내려놓고 아이들과 놀았다. 하지만 아이가 이렇게 매번 통곡을 하면 엄마 마음은 찢어진다. 나는 게이너 씨의 말에 충격을 받았고 걱정이 깊어졌다. 아침마다 아이를 그곳에 놔두고 오기 위해 모든 의지를 발휘해야 했다. 그곳의 어린이집 교사들을 잘 알았고, 아이에게 문제가 있다면 곧바로 이야기해주리라는 것도 알았다. 또 아이를 집으로 데리고 오는 것만이 능사가 아니라는 것도 알았다. 일단 우리보다 훨씬 경험이 많은 교사들을 믿어야 한다. 어떤 일이 생기건 받아들일 준비도 해야 한다.

이 나이의 아이를 어린이집에 보내지 않고 집에 계속 데리고 있다가 1년 반 후 갑자기 학교부터 보내면 아이에게 더 큰 충격이 될 수가 있다. 어린이집은 아이가 매일 어딘가 가서 다른 아이들과 어울릴 수 있는 가장 좋은 장소다. 학교에 입학하기 전에 친구와 관계 맺는 법을 배우고, 학습 환경에서 어떻게 행동해야 하는지 익히는 것이 바람직하다.

"어떻게 해야 할까요?" 패넌 씨에게 물었다.

나는 답을 몰랐지만 교사는 이 상황을 어찌 다루어야 할지 알 것 같았기 때문이다. 선생님을 전적으로 신뢰했고 다른 어린이집 교사들 모두 훌륭하다고 믿었다. 그래서 선생님들과 함께 머리를 맞대고 계획을 세웠다. 처음에는 내가 같이 있다가 한 번에 20분 정도씩 자리를 비우고 점점 그 시간을 늘려나가기로 했다. 그렇게 몇 주가 지나자 드디어 로칸은 종일반에 다닐 수 있게 되었다.

로칸은 그중에서도 나이가 많은 편이었기에 초등 예비반에 입학하기 전 18개월만 어린이집에 다녀야 했다. 그래도 그 정도 시간이면 새로운 환경에서 적응하는 법은 배울 수 있을 것 같았다.

아이가 무사히 어린이집에 다니기까지는 몇 주가 걸리긴 했지만, 그나마도 그때는 내가 일을 하고 있지 않았기 때문에 가능한 일이었다. 만약 내가 직장에 나가야 해서 아이를 무슨 일이 있어도 어린이집에 두고 나왔어야 했다면 아침마다 서로 눈물바람이었을 것이다. 다행히 문제 없이 어린이집에 다니기 시작하자 로칸은 매일 즐겁게 어린이집에 갔고 다른 아이들과 노는 시간을 기대했다. 아이는 초등학교도 좋아했다. 지금까지도 로칸이 학교에 가지 않겠다고 한 적은 없다.

아이가 어린이집에 안정적으로 다니기 시작한 지 몇 달 후. 평소처럼 아이를 데리러 갔는데 패넌 씨가 조용히 상의할 것이 있다고 했다. 내가 자리에 앉자 그녀는 조심스레 말을 꺼냈다.

"로칸이 전혀 말을 하지 않아서 저희들이 걱정하고 있어요." 아! 이건 내가 생각하던 문제는 아니었는데! 또 그녀는 로칸이 불안하면 계속 엷은 미소를 띤다는 이야기도 해주었다. 그만큼 그녀가 로칸을 세심하게 관찰했다는 뜻이었다.

그녀가 말을 이었다.

"로칸은 질문을 받으면 알아들을 수 없는 이상한 소리를 내요. 그러다가 점점 조용해지고 그러다가 아예 말을 하지 않아 버리죠. 아이에게서 어떤 말도 끌어낼 수가 없어요."

그녀가 말을 끝내자마자 나는 바로 말했다.

"선생님, 혹시 로칸이 '선택적 함구증'이라고 생각하세요?"

대체 어디서 난데없이 그 단어가 튀어나왔는지 나조차도 모를 일이었다. 분명 어딘가에서 읽었고 의식하지 않았지만 내내 기억하고 있었던 것이다. 사실 그전까지만 해도 우리 아이에게 뭔가 심각한 문제가 있다는 생각은 해본 적이 없었다. 그저 아이가 나와의 애착이 워낙 강해서 떨어지는 것을 싫어하는 줄로만 알았다.

패넌 씨는 내 반응을 보고 일단 안심한 것 같았다. 나에게 이 이야기를 하기 전에 이미 교사들끼리 로칸의 증상에 대해서 조사를 해보았다며 자료 몇 장을 건네주었다. 그들은 엄마인 내 반응을 더 걱정했던 것 같았다. 내가 혹시 히스테리를 부리거나 교사들의 말을 믿지 않으려고 했을 수도 있었기 때문이다. 교사들은 아이에 대한 문제를 들었을 때 부모들이 어떤 히스테릭한 반응을 보이는지 이미 잘 알고 있었을 테니까.

하지만 나는 주어진 문제에 대해 굉장히 실질적으로 접근하는 편이고 누구보다 차분했다고 할 수 있었다. 그때 나는 이런 생각을 했던 것 같다.

'그래. 그렇구나. 우리 아이에게는 문제가 있었구나. 알았어. 이제 더 자세히 알아보고 대처해나가면 되는 거야.'

나의 태도에 어린이집 교사들의 표정이 한결 편해졌다. 달라질 건 없다고 생각했다. 우리 모두가 로칸의 행동이 선택적 함구증 때문이라는 데 동의한다면, 함께 방법을 모색하고 앞으로 나갈 수 있기 때문이었다.

어린이집에서 그 말을 듣고 집에 오자마자 나는 바로 행동으로 옮기기 시작했다. 일단 단어나 개념 자체가 아주 생소했으므로 인터넷에서 '선택적 함구증'에 대해 집중적으로 찾기 시작했다. 선택적 함구증 정보연구위원회SMIRA 홈페이지www.smira.org.uk에 정보가 굉장히 많았다. 다른 사람들의 경험과 조언과 정보를 얻을 수 있는 게시판도 활성화되어 있었다. 정보도 정보지만 이 세상에 혼자가 아니라는 사실, 수많은 부모들이 나와 똑같은 감정을 겪고 있다는 사실이 더 큰 위로가 되었다.

선택적 함구증이라는 말을 처음 들어본 사람을 위해 설명하자면 — 사실 대다수가 그렇다 — 선택적 함구증이란 어떤 상황에서는 유창하게 말을 하지만 또다른 상황에서는 완전히 침묵해버리는 불안 장애의 일종이다. 선택적 함구증 정보연구위원회에 따르면 영국 내에서 총 6천 명의 어린이에게서 이런 증상이 나타난다고 한다. 이는 일반 자폐증과 거의 비슷한 숫자이지만, 선택적 함구증 증상에 대해서 자세히 아는 의사가 드물며, 전문적으로 치료하는 소아과 의료진이 거의 없다는 것 또한 알게 되었다.

일을 하고 있는 데이비드에게 굳이 전화를 걸어 문제를 더 크게 만들고 싶지는 않았다. 그가 퇴근해서 집에 올 때까지 기다렸다가 패넌 씨의 말을 전해주었다. 그도 의대에서 공부한 일반의였기에 이 분야에 대해서 공부해본 적이 있는지, 사례를 본 적이 있는지 물어보았다. 그는 이런 병명은 처음 듣는다고 했다. 아마 대부분의 일반 의사들도 마찬가지였을 것이다.

하지만 사람들은 이런 문제가 생기면 늘 찾아가던 주치의에게 간다. 그 의사들은 이 증상에 대한 전문 지식이 없고 당연히 치료 경험도 전무하기 때문에 조기에 발견해내지 못한다. 또한 주변에는 이렇게 말하는 어른들이 대다수다. "크면 저절로 나아질 거야." 하지만 그렇지 않은 경우에는 어떻게 되는가? 조기에 치료를 하지 않으면 나이가 들수록 더 심각해질 수도 있다. 성인이 되어서도 특정한 상황에서 전혀 말을 하지 못한다면 어떻게 될까? 치명적일 수도 있는 것이다.

어린이집 교사들은 일단 이 지역의 언어 치료 센터에 예약하는 것이 시급하다고 말했다. 어린이집에서도 요청을 할 것이니 부모로서도 신청을 해달라고 했다. 신청을 했더니 18주 안에 예약 날짜를 잡겠다는 답변이 돌아왔다. 18주라니. 너무 멀었다. 로칸은 머지않아 학교에 가야 하는데 여전히 어린이집에서 말을 못하고 있었다. 하루하루가 불안했다. 조사를 해볼수록 초기 치료가 결정적이라는 정보가 나왔다. 더이상 지체할 수 없었다.

일을 빨리 진행시키기 위해 언어 치료 센터에 전화를 걸었다.

"치료를 일대일로 받을 수는 있나요?"

도움을 받을 수만 있다면 한 번 상담에 4백 파운드는 지불할 용의가 있었다.

담당 직원이 전화기를 손으로 막고 주변의 누군가와 이야기를 하는 것 같았다. "지금 어떤 분이 일대일 상담이 가능하냐고 하시는데 어쩌죠? 아, 안 돼요?" 그녀는 전화를 다시 받아서 말했다.

"안 된다고 하시네요. 죄송합니다. 그렇게는 안 되겠어요."

"지금 우리 아이가 말을 못해요! 어린이집에 다니는데 다쳐도 다쳤다고 말을 못한다고요! 화장실에 가고 싶어도 말을 못해요. 누구한테 맞거나 괴롭힘을 당해도 아무에게도 말을 못하죠. 이보다 더 시급한 일이 있나요?" 나는 흥분했다. 점점 더 화가 나 목소리가 높아졌다. 불안하고 초조해서였다. 내 아이에게 문제가 있다는 사실을 받아들이는 것만으로도 벅찬 나에게 센터 측의 반응은 분노를 불러일으키기에 충분했다.

다행히 곧 예약 날짜가 잡혔고 몇 주 후에 언어 치료사를 만날 수 있었다. 그러나 언어 치료사는 우리 아이 같은 아이를 직접 치료해본 적이 단 한 번도 없었다. 물론 이론적으로는 배워 알고 있었고 의욕은 앞섰지만 경험이 아예 없으니 신뢰가 가지 않았다. 결국 책임은 다시 어린이집으로 넘어갔다.

로칸을 처음 만난 다른 사람들과 마찬가지로 언어 치료사도 로칸에게 어떻게든 말을 붙여보려고 했다. 아이 문제로 누군가를 만나는 일은 언제나 두렵고 그 앞에 선 부모는 스스로가 죄인처럼 느껴진다. 속으로 이렇게 생각하는 것이 빤히 보인다. '대체 집에서 아이를 어떻게 키웠기에 애가 이 모양이지? 너무 과잉보호한 거 아니야? 아님 너무 엄하게 키워서 애가 기가 죽은 건 아닐까? 도대체 사랑을 주고 키우는 건가?'

마치 눈에 불을 밝히고, 아이가 아닌 엄마의 문제점만 찾아내려고 하는 것만 같았다. 시간이 흐르고 매번 새로운 전문가가 로칸에게 말을 붙이려고 할 때마다 나는 죄인이 된 기분으로 로칸에게 말했다. "말해봐, 괜찮아." 그러나 아이는 언제나 무표정으로 그들을 무시했다. 가끔 상대방이 조금 마음에 들면 살짝 웃어 보이기는 했지만 말은 절대 하지 않았다.

언어 치료사는 비언어적 의사 표현을 시도했다. 질문에 대한 답을 손가락으로 가리키는 것이다. 로칸은 이런 분야에서는 굉장히 높은 점수를 받았다. 하지만 오히려 이것은 치료에 방해가 되기도 한다. 사람들은 이렇게 생각하기 때문이다.

'어? 이 아이 제법 똑똑하네. 무슨 걱정이람. 때가 되면 알아서 말할 텐데.'

이런 생각이 바로 선택적 함구증 치료의 큰 장벽이 되는 것이다. 이 증상을 가진 아이들은 학습 면에서는 뛰어난 성과를 보이는 경우가 많다. 학교나 어린이집의 뒷자리에 앉길 좋아하는, 약간 '수줍음 타는' 아이가 숙제나 공부는 착실하게 하고 딱히 문제를 일으키지 않는다면, 여기에 대해 교사나 부모가 무엇을 할 수 있을 것인가? 별로 없다. 앞으로 좋아질 거라 가정하고 넘어가기 쉽다.

이것이 첫번째 문제이다. 또하나의 문제는 사람들이 아이를 못되고 고집 센 아이로 본다는 점이다. 나도 이해할 수 있다. 나조차도 처음에는 혹시 아이가 일부러 그러는 건 아닌지 의심했으니 말이다. 하지만 하루이틀 정도 지나자 그 생각은 곧 바뀌었다. 아이가 거의 하루종일 학교에 있으면서도 말을 아예 하지 않는다는 건 아무리 고집이 센 아이라 해도 불가능하다.

언어 치료사의 첫번째 검사에서 정식 진단을 받지는 않았지만, 그녀 또한 우리와 어린이집 교사들의 의견에 동의를 했다. 로칸은 선택적 함구증이었다.

그때쯤 나는 로칸이 자폐 스펙트럼 장애자폐 범주성 장애, 자폐증과 아스퍼거 증후군을 포함하는 넓은 범위의 자폐적 성향가 아닌가 하고 의심했다. 그래서 언어 치료사에게 이 문제를 상담해보았다.

"제 큰아들에게 자폐가 있어요. 어쩌면 로칸도 그럴 거란 생각이 들어요." 내가 말했다. 그녀는 몇 가지 테스트를 더 했지만 특별한 자폐 증상은 보이지 않는다고 말했다.

"그런가요?" 나는 말했다. "하지만 제 눈에는 보이거든요."

엄마는 안다. 그냥 그런 법이다.

어쨌든 언어 치료사는 로칸을 돕기 위해 어린이집에 '벽 허물기'라는 프로그램을 하자고 제안했다. 하지만 본인도 전에 이런 프로그램을 해본 적이 없었고 적절하게 도입하는 방법도 모르고 있었다. 그녀는 프린트해온 자료들을 어린이집 교사들 앞에서 말 그대로 줄줄 읽어주고 있을 뿐이었다. 자세히 설명하거나 질문에 답을 할 줄도 몰랐다. 이런 아이를 만나본 적도 다루어본 적도 없었기 때문이었다.

사실 우리도 어떻게든 아이의 입을 열게 하고 싶어서 하지 말아야 할 것들도 다 해보았다. 과자와 사탕, 장난감을 주며 달래보기도 하고, 대체 왜 말을 하지 않는지, 뭐가 잘못되었는지 화내며 물어보기도 했다. 하지만 아이가 자율적으로 결정할 수 있는 문제가 아니며 물리적으로 말을 할 수가 없다는 것을 깨달은 다음부터는 그런 짓은 그만두었다. 전혀 도움이 되지 않았기 때문이다.

로칸에게 왜 어린이집에서는 말을 하지 않느냐고 묻는 건 시간낭비에 불과하다. 로칸 스스로도 설명할 수 없다. 한번은 내가 어떻게든 말을 끌어내보려고 하자 아이는 자기 목을 손가락으로 가리켰다. 이것은 선택적 함구증이 정신적인 문제일 뿐만 아니라 신체적인 장애이며, 선택적 함구증 환자들은 어떤 상황에서는 소리를 낸다는 것 자체가 불가능하다는 이론을 잘 보여주는 것이다. 또한 이것은 불안 장애이기 때문에 이런 식의 강요나 반복적 질문은 오히려 역효과를 내어 아이에게 부담감만 주고 장애를 더 심화시킬 수 있다.

어린이집 교사들은 모두 훌륭했고 우리 아이를 위해 개별 교육 계획Individual Educational Plan을 따로 만들어주었다. 교사들은 아이를 어떻게 대해야 하는지, 무엇이 올바른 방식인지 고민했다. 아이에게 억지로 말을 하게 하지 않고, 아이에게 뇌물을 주지 않는 대신 아이를 자주 웃게 하고 참여하도록 이끌었다. 기본적으로 아이가 갖는 부담감을 없애서 아이가 말을 하고 싶지 않다면 굳이 하지 않아도 된다고 알려주는 것이다. 그런 다음, 집중 프로그램에 들어갔다. 놀이를 기반으로 하는 방법이었다.

기본적으로 교사나 보호자는 아이와 일대일 관계를 유지한다. 그리고 아이와 서서히 친해지면서 재미있는 시간을 보낸다. 그런 다음 악기를 사용해 소리를 내기 시작한다. 리코더를 연주하거나 드럼을 치는 것이다. 다음에는 같이 동물 소리를 내기 시작한다. 누구나 할 수 있는 것처럼 보이겠지만 실제로 해보면 매우 어렵고 공이 많이 드는 수업이다. 언어 치료 센터는 실질적으로 모든 것을 어린이집에 맡기고 아무런 도움도 주지 않았다.

로칸이 따르는 어린이집 교사는 단 두 명, 패넌 씨와 보조 선생님인 게이너 씨뿐이었다. 어린이집이 집에서 워낙 가까웠기 때문에 나는 개를 데리고 나와 산책하듯 어린이집 앞을 지나갔다. 그리고 울타리 사이로 아이들이 어떻게 놀고 있는지 보곤 했다. 나는 로칸이 무엇을 하고 있는지 보지 않아도 알았다. 로칸은 항상 게이너 씨의 손을 잡고 있었다.

패넌 씨는 담임 선생님이기 때문에 아이들이 밖에서 놀고 있을 때 반 아이들 전체를 통솔해야 한다. 하지만 게이너 씨는 보조 교사이기 때문에 로칸만 따로 데리고 들어가 악기들을 꺼내 음악 놀이를 할 수 있다. 게이너 씨는 이 활동을 일주일에 세 번 성심성의껏 해주었다. 처음에는 둘이서만 하다가 얼마 후에 다른 아이를 데려오고, 얼마 후에 또 한 명을 끌어들인다. 로칸이 자연스럽게 다른 아이들 앞에서 말을 할 수 있게 하기 위해서다. 그러다 어른인 선생님도 참여한다. 복잡하고 이상하고 시간이 아주 오래 걸리는 활동이었지만 그래도 효과는 있었다.

어린이집에는 한 번에 10초 정도 소리를 녹음할 수 있는 토킹북이 있었다. 우리는 집에서 로칸이 그림을 그리고 그것에 대해 말하는 걸 토킹북에 녹음한 다음 학교로 가져가 게이너 씨에게 들려주었다. 로칸은 이것에 대해 별로 신경쓰지 않았기에, 이 토킹북은 선생님이 아이의 목소리를 들을 수 있는 유용한 도구가 되었다. 가족끼리 둘러앉아 이야기를 하고 있을 때면 '다른 사람들도 이렇게 귀엽고 상냥하게 말을 잘하고 명랑한 로칸을 볼 수 있다면 얼마나 좋을까' 하는 생각이 불쑥불쑥 고개를 들곤 했다. 하지만 진짜 로칸을 볼 수 있는 사람은 우리 가족과 엄마뿐이었다.

크리스마스에 어린이집 아이들 모두 성탄극Nativity Play을 준비했다. 로칸은 세 동방박사 중 한 명을 맡았다. 어린이집에서 의상을 준비해주어서 집에서 급하게 튜닉소매가 없는 헐렁한 옷이나 두건을 만들 필요는 없었다.

아이들이 워낙 어렸기 때문에 학부모와 할머니, 할아버지들만을 위한 소박하고 작은 행사로 치러졌다. 나는 로칸에게 과연 대사가 주어질지, 로칸이 그 연극에서 말을 안 하는 유일한 아이가 아닐지 걱정했지만 모든 아이들에게 대사가 있는 건 아니었고, 또 대사가 있는 아이라 해도 어린아이답게 틀리거나 잊어버리기도 해서 로칸이 눈에 띄지는 않았다.

물론 로칸은 말을 안 해도 되는 역이었다. — 그렇지 않았다면 하지 않았을 것이다 — 하지만 다른 건 실수 없이 잘해냈다. 연습한 대로 자기가 가져온 소중한 선물을 아기 예수 앞에 놓아두기도 했다. 로칸은 매우 행복해 보였고 그 모든 순간을 즐기는 것 같았다.

세 살 때 로칸은 〈하이 스쿨 뮤지컬〉이란 프로그램에 푹 빠졌었다. 보고 또 봐서 모든 춤 동작을 따라할 수 있었다. 물론 누군가 보지 않는 한에서 말이다. 토니 역의 잭 에프론이 부른 노래 가사를 전부 외워 하루종일 부르고 다녔다. 이상하게 여자 캐릭터들에게는 전혀 관심이 없었다! 이렇게 집에서는 노래하고 춤까지 춘다는 것을 증명하기 위해 이 모습을 DVD로 녹화해서 어린이집에 보내주기도 했다. 로칸은 이 비디오를 반 아이들 앞에서 얼마든지 틀어도 된다고 했고, 다른 아이들과 같이 보면서 즐겁게 웃었다. 어린이집이 도입한 그 활동은 상당히 큰 효과가 있었다. 아이는 의미 없는 소리지만 대답을 하기 시작했고 일 년 동안 느리지만 꾸준한 발전을 보였다.

로칸이 이 활동을 시작한 지 몇 달 후 패넌 씨는 임신을 했다. 솔직히 우리에게는 청천벽력 같은 소식이었다. 패넌 씨가 늘 로칸에게 특별히 신경을 써주었기 때문에 그녀가 출산 휴가를 간 동안 누가 그 자리를 대신할지, 또 로칸이 어떤 영향을 받을지에 대한 걱정이 이만저만이 아니었다. 나는 새로운 선생님을 인터뷰할 채용 담당자와 이야기해보기도 했고, 예전에 수영장에서 근무했던 선생님을 만나자 그 자리를 맡아줄 수 없겠냐고 부탁하기도 했다!

패넌 씨의 후임 교사가 남자 선생님이라는 것은 알았지만 그 외에 아무 정보가 없었다. 하지만 그 선생님이 오자마자 이전까지의 모든 걱정은 씻은 듯이 사라졌다. 모터스헤드 씨는 누구나 꿈꿔볼 법한 이상적인 어린이집 교사였다. 그는 로칸을 비롯한 모든 아이들에게 한결같이 친절하고 자상했다. 물론 일부러 말썽을 피우고 다른 사람의 말을 존중하지 않는 아이는 엄하게 다스리기도 했다. 쓸데없는 장난이나 버릇없는 태도는 참지 않았지만 대체로 친구처럼 재미있었다. 그는 아이들을 '짝꿍'이라고 불렀고 아이들과 바닥에 앉거나 구르며 놀았고 로칸은 이 선생님과는 말을 했다.

로칸은 초등 예비반에 가기 전 마지막으로 어린이집에서 보낸 여름학기에 특히 큰 진전을 보였다. 아이는 모터스헤드 씨에게 거의 매일 웃거나 말을 건넸고, 그 모습을 보니 우리는 행복했다. 게다가 로칸이 어린이집에서 '진짜 친구'를 사귀었기 때문에 나는 밥을 안 먹어도 힘이 나는 기분이었다.

로칸의 첫번째 소녀 친구이자 잊지 못할 은인이 있었다. 나와 같이 일했었던 병원 동료의 딸로 아주 예쁘장한데다가 당차고 말도 많은 소녀 엘라였다. 엘라는 로칸을 항상 챙겨주었다. 교실에 있는 로칸을 끌고 나와 놀기도 하고, 끊임없이 말을 걸었으며 로칸이 반응을 보이지 않아도 계속 옆에서 수다를 떨었다. 가끔 우리 집에 놀러오기도 했다. 엘라는 우리에게 구명밧줄이나 마찬가지였다. 뭐든 해주고 싶을 만큼 예쁘고 고마운 아이였다.

어린이집 생활이 끝나갈 즈음에는 착하고 씩씩한 남자 친구들도 생겼다. 이들은 로칸의 특이한 성향을 별로 개의치 않는 듯했다. 그중에 조지라는 아이와 말하자면 '절친한 친구' 사이가 되었는데 이후로도 조지는 굉장히 여러모로 로칸을 도와주었다. 조지는 로칸이 어떤 상황에서는 말을 할 수 없다는 것을 직감적으로 이해하고 로칸 옆에서 대신 말을 해주기 시작했다. 이 둘의 관계는 초등학교까지 이어졌다. 둘은 지금도 여전히 가장 친한 친구 사이다.

로칸이 어린이집을 졸업할 무렵에는 소리 내어 꽤 많은 말을 할 수 있게 되었다. 많은 사람들에게 직접 말을 하지는 않았지만 친구들과는 잘 놀고 단체 활동에서도 빠지지 않았다. 아이의 언어 능력도 점점 더 정상적으로 변했다. 그렇다고 반 친구들 모두에게 말을 붙인 건 아니었지만 선생님들, 특히 모터스헤드 씨가 질문을 하면 대답을 했다. 수업이 끝나고 선생님이 "잘 가, 로칸" 하고 인사를 하면 로칸은 "안녕히 계세요"라고 큰 소리로 대답했다. 드디어 빛이 보이기 시작한 것이다.

하지만 나는 그때 즈음 정반대의 걱정을 하기 시작했다. 갑자기 이런 생각이 들었다. '만약 로칸이 집에서 하는 행동을 학교에서도 하면 어쩌지?' 왜냐하면 로칸은 집에서는 상당히 거칠게 행동했고 막무가내였기 때문이었다. 이제 어린이집에서 다른 이유 때문에 전화가 올 것 같다는 생각을 했다. 실제로 어린이집 선생님들은 로칸이 너무 떠들어서 조용히 하라고 말한 적이 있다고 한다.

학기가 끝나갈 즈음 어린이집의 공개 수업에 갔다. 나는 깜짝 놀랐고 또 기뻐 날아갈 듯했다. 로칸이 자유롭게 말을 하고 있었다. 아이는 그저 친한 친구나 선생님에게만이 아니라 다른 부모님들 앞에서도 소리를 지르고 있었다. 남들은 모르겠지만 데이비드와 나에게는 그 모습이 천사처럼 보였다. 로칸은 아주 큰 소리로 재잘거렸고 아이의 선택적 함구증을 모르는 다른 부모들은 로칸의 다른 점을 전혀 인식하지 못하는 것 같았다.

그들에게는 그냥 평범한 아이가 떠드는 것으로 보였을 테지만 그 모습을 보는 나는 가슴이 터질 것만 같았다. 몹시도 행복했고 세상은 무지갯빛이었다. 그때 그렇게 생각했던 것 같다. '그래. 잘했어. 우리는 이겨냈어.' 그날 우리 아이가 나아질 수 있다는 확신이 생겼다. 어린이집 선생님들도 그렇게 생각하는 것 같았다. 6월에 어린이집에서 온 생활기록표에는 이렇게 적혀 있었다.

> 지난 2주 동안 로칸은 실내 활동과 실외 활동 모두에서 친구와 말을 하기 시작했습니다. 말하는 빈도수도 높아졌고 다양한 문장을 구사했는데, 특히 어른이 주변에 없다고 생각했을 때는 매우 자연스러웠습니다. 로칸은 이번 학기 동안 언어로 하는 의사소통에 자신감이 생기면서 탁월한 발전을 보였습니다. 최근 어떤 계기로 인해 더욱 좋아지면서 매주 조금씩 발전하고

있습니다. 이번 학기에 보여준 기대 이상의 모습이 남은 학기에도 이어지고 앞으로 초등 예비반에 가서도 계속되기를 바랍니다.

그리고 로칸은 초등 예비반으로 올라갔다.

4장

# 침묵의 학교생활

여름방학이었다. 모든 것이 학기중과는 달랐다. 로칸은 언제나 그랬듯 말도 많고 말썽도 곧잘 피우는 평범한 소년이었다. 아니 적어도 집에서는 그랬다는 이야기다. 또 로칸은 독특한 유머 감각을 자랑하는 엉뚱 소년이기도 했다. 8월의 어느 날, 데이비드가 1층에서 쉬고 있을 때 2층 화장실에서 이상한 소리가 들렸다. 범인은 로칸이었다.

"아빠, 아빠, 살려주세요. 휴지를 살려주세요. 로칸이 화장실 휴지를 다 쓰고 있대요! 아빠, 아빠! 휴지 살려!" 로칸은 이러면서 두루마리 화장지를 계속 풀었고 마룻바닥은 온통 휴지로 뒤덮여 있었다. 이런 못 말리는 악동 같으니!

집에서 우리와 있을 때 로칸의 선택적 함구증은 거의 발현되지 않았지만 아주 가끔 로칸이 우리에게도 입을 다물어버리는 경우가 있었다. 로칸이 네 살이었을 때 일이다. 자다 깨보니 침대 옆에 로칸이 서 있었다. 로칸이 밤에 깊게 잠들지 못하고 집 안을 배회하다가 나를 찾는 일은 흔했다. 평소와 달랐던 건 아이가 날 노려보기만 하고 말을 안 했다는 것이다. 괜찮은지 물어보니 대답을 하지 않았다. 뭔가 잘못되었음을 알고 하나씩 짚어보았다.

"혹시 덥니?" 대답이 없었다.

"목말라서 그래?" 대답이 없었다.

"추워? 무서워? 악몽을 꾼 거야?"

무응답. 침묵. 아이는 그냥 서서 불만스러운 표정을 짓고 있을 뿐 내 눈을 똑바로 보지 않았다.

"아니면 머리가 아픈 거니?"

눈을 살짝 깜빡이는 것이 대답의 전부였다.

나는 해열제를 주었고 아이는 그것을 냉큼 받아서 먹더니 침대로 다시 들어갔고 괜찮아졌다. 다음날 아침에는 원래 모습으로 돌아왔다. 그날 딱 한 번을 빼고 아이가 우리에게 완전히 입을 닫아버린 적은 없었다. 하지만 아이의 몸 상태가 좋지 않을 때 말을 안 하는 경향이 있다는 사실은 알아챌 수 있었다.

그해 여름 그동안 쌓은 마일리지를 이용해 휴가를 다녀오기로 했다. 아주 멀리 갈 수 있는 마일리지는 아니었지만 괜찮았다. 우리는 바다에서 수영하거나 해변에 누워 있는 것보다는 여기저기 돌아다니는 여행을 선호했기에 관광할 것과 체험 활동이 많은 곳이어야 했다. 루크와 로칸 둘 다 제2차 세계대전에 관심이 많아서 당시 독일에 점령되었던 건지 섬(프랑스의 노르망디와 영국의 남단 사이에 있는 영국 해협에 있으며 5년간 독일에 점령되었다)에 가기로 했다. 아이들이 충분히 흥미로워 할 것이었다.

우리는 해변 바로 옆의 예쁜 호텔에 묵으면서 닷새 동안 바쁜 스케줄로 움직였다. 성도 방문해야 하고 해변에서도 놀아야 하고 박물관, 미술관에도 가야 했다. 또 어딜 가나 제2차 세계대전에 관한 정보들이 넘쳐나서 두 소년의 입이 떡 벌어졌다.

어느 날 아침 호텔에서 조식을 먹는데 이른 시간이라 식당에 우리 가족밖에 없었다. 로칸은 크루아상을 먹다가 냅킨으로 점잖게 입을 닦으며 말했다. "흠흠, 난 상류층 꿀꿀이야." 우리 모두 웃었다. 아이는 아이인지라 한 번 웃어주니 지겨워질 정도로 반복했다. 식당에는 손님이 우리뿐이라 마음놓고 떠들 수 있었지만 웨이트리스가 식당에 들어오자마자 로칸은 말을 딱 멈추었다.

로칸은 건지 섬에서 거의 날아다녔다. 기회만 있으면 형과 성이나 전쟁터에서 신나게 칼싸움을 했고 섬 주변에 흩어진 전망대마다 찾아가 망원경으로 뛰어난 경관들을 보았으며 다양한 무기가 진열된 박물관을 지치지 않고 걸어다녔다.

유명한 독일 지하 병원도 가보았다. 이곳은 짓는 데 3년이 걸리고 사용은 3개월밖에 못한 곳으로 디데이 전투에서 부상을 당한 독일 군인들이 입원했던 곳이었다. 독일 지하 병원 건물은 채널 제도(프랑스 북서부 노르망디 해안에 위치한 영국령의 8개 섬)에서 가장 큰 건물로 거대한 돌 복도가 몇 마일이나 이어져 있다.

나는 약간 섬뜩해져서 얼른 지상으로 올라가고 싶었지만 로칸은 그곳을 좋아했다. 아이들이 갖고 놀 수 있는 커다란 총과 옛날식 전화기가 있었기 때문이었다. 평소처럼 로칸은 아무도 없을 때는 우리와 이야기를 나눴지만 다른 관광객들이 나타나면 입을 다물거나 꼭 필요한 말은 귓속말로 했다.

날씨도 완벽했다. 맑고 화창한 날이 계속되다가 가끔 시원한 바람이 불었다. 로칸은 모래사장에서 한참 놀다가 바위 사이 웅덩이에서 작은 물고기나 바다 생물들을 찾아내기도 했다. 환상적인 여름휴가였고 행복한 추억을 많이 만들고 돌아왔다.

여름휴가 여행을 마치고 아이들을 데리고 데이비드의 가족이 있는 아일랜드로 가서 데이비드의 여동생 마리 루이즈의 결혼식에 참석했다. 결혼식은 메이요 카운티와 갈웨이 경계에 있는 애쉬포드 성 근처의 아름다운 호텔에서 열렸다. 우리 집 아들들은 애쉬포드 성 마당을 탐험하며 즐거운 시간을 보냈다. 예식중에 로칸과 나는 일부러 가족과 떨어져서 뒤쪽에 앉아 있었다. 지난번 결혼식에서처럼 아이가 꼼틀거리다 사람들에게 눈에 띌까봐 그랬다. 하지만 이날 로칸은 꽤 점잖았다. 아이는 긴 교회 의자를 한번 왔다갔다하더니 웃으며 자리에 앉았다. 아빠가 일어나서 낭독을 할 때는 다 들릴 만하게 큰 숨소리를 내뱉긴 했지만.

데이비드의 가족은 전통적인 아일랜드 대가족이라 언제나 친척들이 굉장히 많이 모였다. 물론 로칸은 친척들 중 누구와도 대화를 나누지 않았지만 아직 어렸기에 부끄러워하거나 말수가 적은 게 이상해 보이지 않았다. 또 아이의 선택적 함구증에 대해 알게 되자마자 시댁 어른들에게 알렸기에 친척들 모두 큰 기대를 하지 않고 로칸을 있는 그대로 받아들여주었다.

우리 친정이나 시댁 어른들 모두 고맙게도 늘 우리 입장을 전부 이해해주셨고 누구 탓도 하지 않았다.

데이비드의 부모님에게 이렇게는 말씀드렸다. 아이에게 무언가 물어보고 싶으면 아이가 고개를 끄덕이거나 고개를 저어서 대답할 수 있는 질문으로 바꾸어 해달라고 말이다. 그즈음에는 형 루크도 큰 도움이 되었다. 로칸 옆에 있다가 로칸 대신 얼른 대답을 해주는 것이다. 어색하지 않고 매우 자연스러웠다.

가령 이런 식이었다. 할머니가 "차와 같이 뭘 먹고 싶니?"라고 물어보면 루크가 나서서 "로칸은 콩 없은 토스트를 좋아해요"라고 대답한다. 삼촌이 로칸에게 나가서 축구를 하고 싶은지 물어보면 로칸은 대답을 구하듯 루크를 바라보고 만약 루크가 나가서 놀고 싶다고 하면 같이 신나게 뛰어 나간다. 루크는 로칸과 사이가 무척 좋은 편이고 동생의 행동을 잘 참아준다. 때로 로칸은 이유 없이 형에게 매달리거나 형을 때리기도 했지만, 형은 동생이 아기였을 때부터 언제나 든든한 보디가드였다. 루크는 동생에게 훌륭한 롤 모델이기도 했다. 로칸은 언제나 형이 어떻게 행동하는지 지켜보면서 배울 수 있었다. 형도 동생에게 무엇이든 인내심 있게 가르쳐주고 설명해주려고 했다. 아마 루크가 없었다면 로칸은 훨씬 더 힘들어했을 것이다.

어쩌면 학교생활도 지금과는 많이 달랐을지 모른다.

2009년 9월 여름방학을 마치고 초등 예비반을 시작할 시기가 왔다. 여름방학 마지막날 로칸과 나는 예비반 교실에 한 번 가보고 담임 선생님이 될 멜러 씨도 만났다. 그녀는 교실을 둘러보게 해주었고 난 로칸이 집에서 미리 교실을 볼 수 있도록 동영상으로 교실을 찍어왔다. 이렇게라도 익숙해져야 적응하기 쉬울 것 같아서였다. 멜러 씨는 로칸에게 무엇에 관심이 있는지 물어보았지만 당연히 로칸은 대답하지 않았다. 내가 대신 로칸은 군인과 역사를 좋아한다고 말하자 선생님은 장난감 병정들을 꺼내주어서 로칸이 한참 재미나게 놀기도 했다.

사실 어린이집은 초등학교와 같은 건물에 있었기에 어린이집 졸업생들은 교실만 바꾸어 다니는 거나 마찬가지였다. 두 아이를 이 학교에 보낸 것도 그 때문이다. 어린이집과 초등 예비반과 초등학교가 모두 연결되어 있기 때문에 로칸이 형과 같은 학교에 다닐 수 있고 훨씬 적응하기 쉬울 것 같았다. 일단 어린이집에만 익숙해져도 학교 다니기가 수월할 거라 믿은 것이다. 로칸은 모든 선생님들을 알았고 어린이집 때도 초등학교 조회 시간에 강당에 같이 앉아 있기도 했으니 내가 보기엔 로칸에게 매우 이상적인 환경이었다.

어린이집 졸업반 친구들은 초등 예비반으로 가고 아직 어린 아이들은 어린이집에 남았다. 물론 이 어린이집에 다니지는 않았지만 바로 예비반에 들어온 친구들도 있어서 반 구성원에 약간의 변화가 있었다. 로칸은 예비반 선생님들과 보조 선생님들을 다 알았기에 최소한의 변화를 기대할 수 있었다.

언어 치료사는 학기 초에 아이가 퇴행할지도 모른다고 경고한 적이 있었고 우리도 약간은 예상했다. 2008년 10월, 언어 치료 센터에서 편지 한 통을 받았다. 그 편지에도 새 학년이나 새 학기에 이런 아이들이 퇴행하게 될 가능성이 있다는 내용이 담겨 있었다. 또 이제부터 로칸을 언어 치료 프로그램에서 제외시킨다는 내용도 있었다. 이제 더이상 해줄 것이 없다는 것이다. 초등학교 가기 몇 달 전에 이렇게 나오다니.

나는 기가 막혀서 입을 다물지 못하고 복도에 멍하니 서 있었다.

로칸은 다른 친구들과의 대화에 상당히 진전을 보이고 있으며 보조 교사와 '벽 허물기' 프로그램도 잘 따른 것으로 보입니다. 로칸이 오는 9월에 약간의 재발 증세를 보일 수 있다는 점에 대해서도 논의했으나 문제 발생시 어머니와 학교 측 직원이 충분히 대처할 수 있는 능력을 갖추었다고 생각합니다. 따라서 우리는 로칸을 언어 치료 프로그램에서 제외시키려 합니다.

이것은 보험공단에서 문제가 저절로 해결되길 바라면서 손을 떼어버린 첫번째 행태였다. 여름에 로칸이 학교에 가기 전에 다시 한번 언어 치료사를 만나 평가를 받았다. 그리고 다시 치료를 받으려고 해보았지만 치료사는 아이의 언어 능력이 충분히 향상되었다면서 또 한번 치료를 종료할 것을 권하였다. 예비반이 끝날 무렵에 또 만나보았지만 또 거절당했다. 그들은 아이에게 자폐 증상은 전혀 보이지 않는다고 평가했다.

등교 첫날에는 학교에서 아이마다 등교 시간을 다르게 배정해주어서 모든 아이들이 다 같은 시간에 학교에 가지는 않았다. 교사들이 아이를 한 명씩 만나보고 반을 정하기 위해서였다. 아이는 새 교복을 멋지게 빼입었다. 흰 셔츠에 회색 바지를 입고 감색 점퍼를 입은 후 넥타이도 맸다. 아이가 자랑스러워하는 모습을 사진으로 남겼다. 같이 학교로 걸어들어갈 때는 몹시도 깜찍한 모습 덕에 내 어깨가 으쓱했다.

배정된 시간인 10시에 도착했다. 로칸도 얌전하게 행동했다. 학교에 다니게 되어서 무척 들뜨고 신나했으며 나를 보고 웃으며 손을 흔든 다음 멜러 씨와 학교 안으로 들어갔다.

로칸이 학교를 다니기 시작하고 며칠 후 멜러 씨에게 전화가 왔다. 로칸이 교실에서 장난감 병정들을 갖고 놀다가 화를 냈다는 것이다. 아이는 무엇이 문제인지 이야기하지 못했지만 선생님이 달래주니 가만히 있었다고 했다. 집에 왔을 때 내가 그 문제를 조심스럽게 꺼내자 아이가 머뭇머뭇하며 아무도 같이 놀아주지 않아서 속이 상했다고 했다. 그 이야기를 듣자 가슴이 무너지는 것만 같고 걱정이 밀려왔다. 하지만 그건 한 학년 올라가고 반이 달라지면서 충분히 일어날 수 있는 일이었고, 로칸에게도 곧 새 친구들이 생겼다.

하지만 변화와 시작의 충격은 우리 예상보다 더 컸다. 로칸은 다시 말을 아예 안 하기 시작했다. 처음 몇 주만 해도 우리는 괜찮다고, 앞으로 천천히 적응하면서 말이 트일 거라 생각했다. '아직 크리스마스도 안 되었잖아. 아이에게 기회를 주자.' 그때는 오직 친구 조지에게만 말을 붙였고 조지가 로칸을 대신해 말을 해주었다. 로칸이 조지에게만 귓속말을 하는 것은 아니었다. 로칸은 누군가가 곁에 있으면 조지에게도 말을 하지 않았다. 하지만 누가 다가와 질문을 하면 조지는 로칸 대신 말을 해주었다. 생각해보면 로칸은 굉장히 운이 좋은 편이었다. 같은 반에는 늘 심성이 착하고 배려를 잘하는 친구들이 언제나 많았다. 그 아이들이 없었다면 로칸의 학교생활은 만만치 않았을 것이다.

사실 교사들 입장에서 로칸의 선택적 함구증은 그렇게까지 심각한 골칫거리는 아니다. 로칸은 바르게 행동하고 성실한 태도를 보였기 때문이다. 질문을 받으면 고개를 끄덕이거나 저었기 때문에 약간의 의사소통도 할 수 있었다. 한 가지 기이한 점은 선생님이 질문하면 로칸이 손을 번쩍 들었다는 것이다. 시킨다고 해도 말로 대답을 할 수는 없었는데도 말이다. 아마 자기가 답을 안다는 사실만이라도 알리고 싶어한 것 같다.

하지만 선택적 함구증이 있다고 해서 일관적으로 모범생 같은 모습만 보여주는 것은 아니다. 추수감사제 행사에서 모든 아이들이 〈커다란 빨강 콤바인〉이란 노래를 부르고 있었다. 그런데 바로 앞줄 가장 가운데, 새로 오신 교장 선생님 바로 앞에 서 있던 로칸이 형을 보면서 심술궂게 찡그리고 주먹을 흔들어 댄 것이다. 그 모습을 보고 정말 기절하는 줄 알았다. 그러더니 한술 더 떠서 처음 보는 관객들에게 혀를 쏙 내밀더니 우스꽝스러운 표정을 짓는 것이었다.

예비반에서도 교사들은 '벽 허물기' 프로그램을 적용해보려고 했다. 하지만 교사들은 정식 교육을 받지도 못했고 그저 산더미 같은 읽기 자료만 받은 상태였다. 그 자료들을 나도 읽어보았지만 너무 어렵고 부담되어 엄두가 나지 않을 법했다. 솔직히 말해서 내가 교사라도 나서고 싶지 않을 것 같았다. 아이들과 같이 할 수 있는 '누가 했는지 알아맞혀보세요' 하는 게임 같지만 알고보면 그보다 훨씬 더 복잡하고 까다롭다. 아이들을 한계까지 밀어붙이다가 아이가 따라오지 못하면 살짝 뒤로 물러날 줄도 알아야 한다. 선생님의 희생과 정성이 요구되는 일이다.

나는 학교에 가서 정기적으로 교사들과 만남을 가졌다. 로칸이 개별 교육 계획을 받고 있었기에 특수교육 대상 교육 코디네이터인 벨 씨의 조언도 들어야 했다. 그녀는 일대일 도움이 필요한 아이들을 위해 '스쿨 액션 플러스School Action Plus, 장애 학생이 학교 내에서 선생님과 전문가를 추가적으로 만나 관리를 받는 영국의 특수교육 프로그램'에 로칸을 포함시켰다. 그녀는 수년 전 아담을 가르친 적이 있어서 우리 가족을 잘 알았다. 그녀는 아이와 학교 사이에서 중재를 하고 교사들에게 조언을 하고 언어 치료사와도 연결시켜주는 일을 한다. 그래서 나는 딱 10분 정도의 발언 시간이 허락되는 일반 학부모 모임보다는 방과후의 상담 시간을 선호했다. 교사들이 개별 교육 계획을 검토하고 로칸의 목표를 정한다. 예를 들어 로칸에게 선생님에게 할 말이 있거나 감정을 표현하고 싶으면 엄지손가락을 들라고 말하는 식이다. 또 아이를 그룹에 들게 하고 활동에 참여시키는 것도 목표로 삼았다. 예비반 담임 선생님인 멜러 씨는 굉장히 좋은 선생님이고 로칸의 일에 열심이었다. 하지만 학교는 나라가 제공하는 전문적인 도움을 좀더 받아야 할 필요가 있었다.

2009년 12월, 언어 치료사가 다시 한번 로칸의 치료 종료를 선언했다. 남편 데이비드는 이 분야의 자폐를 전문으로 하는 소아과 의사인 앤서니 존 박사에게 연락을 했다. 데이비드가 상황을 설명하며 부탁했다. "우리 아이를 봐주실 수 있나요?" 같은 업계에 종사하는 남편에 대한 예의 차원에서, 또 우리 가족력에 자폐증이 있는 이유로 일찍 예약 날짜를 잡을 수 있었다. 존 박사는 매우 인자하여 우리의 말을 관심 있게 들어주었다. 우리가 모든 서류를 작성하자 그가 말했다.

"제가 보기에 로칸이 자폐는 아닌 것 같습니다. 하지만 아스퍼거를 완전히 배제하기엔 이르죠. 아직은 어리니까요."

적어도 한 명의 전문가가 나의 불안을 인정하고 내 말을 진지하게 여긴다는 점에서 매우 기뻤다. 또한 그는 언어 치료사가 계속 로칸을 지켜보아야 한다고 말했다.

존 박사의 요청에 따라서 2월에 언어 치료사가 학교에 와서 로칸을 만났다. 나도 그 자리에 갔다. 학교에 가니 반 아이들 모두 큰 교실에 모여 앉아 '서클 타임'이란 게임을 하고 있었다. 큰 원 모양으로 앉아 물건을 옆으로 돌리다가 물건이 자기에게 오면 이야기하는 것이다. 이 모습을 본 언어 치료사와 나는 로칸이 어떤 행동을 보일지 알 수 없어 긴장했다. 다행히 멜러 씨가 상황을 다 예상하고 시작한 게임이었다. 원하면 장난감을 옆으로 넘기고 말은 하지 않아도 되는 게임이기에 걱정할 필요는 없었다. 게임이 끝나고 선생님이 아이를 나에게 보냈더니 로칸은 장난꾸러기 같은 얼굴로 과장된 몸짓으로 나를 향해 기어왔다.

언어 치료사가 질문지를 주어서 로칸과 나는 앉아서 그 질문에 말로 답해보았다. 이때 치료사는 벽장 뒤에 숨어 있었다! 로칸은 언어 치료사 선생님이 그곳에 있다는 것을 다 알았고, 또 옆 테이블에 다른 학생과 보조 교사도 있었으니 자유롭게 말하기 좋은 환경은 아니었다. 로칸은 모든 질문에 대답했고 높은 점수를 받았다. 하지만 나에게만 들리게 귓속말로 대답을 했다. 그러면서 언어 치료사가 어디에 숨었는지 알아내려는 듯 계속 눈을 깜빡거리며 두리번거렸다. 마치 이렇게 생각하는 것 같았다. '그런데 저 선생님 기둥 뒤에 숨어서 뭐하는 거지?' 아무래도 어색한 분위기였다.

아이는 이 질문지에서는 높은 점수를 맞았고, 결국 자폐 징후가 전혀 없다는 평가를 받았다. 하지만 나는 그 의견에 동의할 수 없었다.

아담을 키워보았기 때문에 나는 내 아이가 단순히 말하는 걸 두려워하는 아이는 아니란 걸 알았다. 내 눈에는 아담에게서 보였던 징후들이 로칸에게도 똑똑히 보였다. 예를 들어, 로칸은 사람들과 거리를 두는 편이고 껴안는 것을 싫어한다. 음식을 매우 깔끔하게 먹고 얼굴에 지저분한 것이 묻는 걸 못 참는다. 사람들이 다치거나 아파해도 잘 공감하지 못한다. 그리고 남들이 볼 때는 이상한 것을 재미있다고 생각한다. 아담 역시 똑같이 그랬었다. 그래서 나는 로칸도 자폐 스펙트럼 장애라고 확신했다.

아담은 너무 늦게 아스퍼거 증후군 진단을 받는 바람에 혼자 속을 끓이며 어두운 학창 시절을 보내야 했다. 로칸에게 똑같은 일이 일어나게 하고 싶지는 않았다. 로칸의 문제가 무엇이건 가능한 빨리, 최대한 어릴 때 알아내야 했다. 그리고 초기의 의료적 개입이 자폐 아이들의 성장과 치료에 절대적으로 중요하다는 점을 나는 누구보다 잘 알고 있었다.

초등 예비반에 다닐 때 텔레비전에서 선택적 함구증에 대한 프로그램을 방영했다. 녹화해두었다가 로칸이 잠들었을 때 보았다. 조사도 꼼꼼히 한 편이었고 다양한 정보가 담겨 있었으며 이해하기도 쉬웠다. 이 프로그램의 일부를 나중에 로칸에게 보여주기로 결심했다. 로칸에게 학교에서 말하기 힘들어하는 친구들이 너 외에도 있다고 말을 해주었지만 믿는 것 같지는 않았다. 같은 반 친구들은 모두 말을 잘하는데 왜 자기만 그렇게 할 수 없는지 이상해하는 것 같았다. 다섯 살짜리 아이에겐 매일 보고 듣는 그 환경이 절대적인 세계이다. 눈으로 직접 보지 않은, 자기가 모르는 아이들이 자신과 똑같은 일을 겪고 있다는 추상적인 개념을 이해하기가 여러모로 힘들었을 것이다.

어느 날 오후 로칸과 함께 거실에 앉아 그 프로그램을 보여주었다. 로칸보다 조금 더 나이가 많은, 선택적 함구증을 갖고 있는 여자아이 세 명의 사례가 나왔다. 아이의 반응을 주의깊게 살폈다. 열 살인 한 여자아이는 완전히 우리 로칸과 판박이였다. 집에서는 말을 잘하지만 학교에서는 절대 입을 떼지 않는다. 자기 말고도 학교에서 말을 못하는 어린이들이 있다는 사실을 마침내 깨달았을 때 로칸의 얼굴에 떠오른 표정을 나는 잊을 수 없다. 그저 순수한 안도감이라고 할까. 이 프로그램을 보여주길 잘했다고 생각했다.

아이는 처음부터 끝까지 눈을 떼지 못했다. 그 프로그램은 어떤 상황에서 말을 전혀 못하는 열다섯 살, 열 살, 여덟 살 아이들의 모습과 함께 이 아이들이 어떻게 나아지는지를 보여주었다. 로칸은 보면서 평을 하지는 않았지만, 여덟 살짜리 여자 아이가 할아버지에게도 말을 못하는 것을 보고서 한마디 하기도 했다.

“난 저러진 않는데. 난 우리 할머니에게 말할 수 있잖아요. 그렇죠?”

초등 예비반이 거의 끝나갈 즈음에 로칸은 조금씩 말을 하기 시작해 멜러 씨도 로칸을 평가할 수 있었다. 그래서 그녀는 ‘멜러 선생님을 자랑스럽게 해준 어린이 상’을 아이에게 주었고 아이는 조회 시간에 개인적인 성취를 이룬 아이들과 같이 앞으로 나가 교장 선생님에게 상을 받았다. 성적이나 특기가 아니라 자기만의 발전을 이룬 아이들에게 상을 주는 아이디어 넘치는 행사였고 내가 상을 받은 것보다도 더 기뻤다.

원래 로칸은 학교에서 뭘 했고 무슨 칭찬을 받았는지 집에서 일일이 이야기하지 않는다. 이 상장도 내가 읽기 책을 찾으려고 가방을 뒤지다가 우연히 발견한 것이다. 로칸은 이미 그 상에 대해서는 잊어버리고 있었다. 나는 호들갑을 떨면서 칭찬하고 장하다고 말해주었다. 아이가 상장을 들고 포즈를 취하고 나는 사진을 찍어 아이의 방에 블루텍재사용 접착제으로 붙여주었다. 대부분의 아이들은 교장 선생님에게 상을 받는 일이 있으면 바로 엄마에게 자랑을 하겠지만 로칸은 그렇지 않다.

얼마 후에는 바른 생활을 한 아이에게 주는 우드하우스 원더 배지를 받았다. 이것은 일주일 동안 차고 다녀야 한다. 이번에는 배지를 받은 날 바로 나에게 말해주었다. 물론 이 나이 소년에게 네모난 종이 상장보다는 반짝반짝 빛나는 이런 배지가 얼마나 자랑스러울지는 당신도 잘 알 것이다.

로칸의 다섯 살 생일 파티는 새로 생긴 놀이 센터인 랜드 오브 플레이에서 했다. 정식 초등학교 1학년으로 들어가기 며칠 전이었다. 아이는 초대할 친구들을 직접 정했는데 엘라를 포함해 여자 친구들도 초대했다. 아이들은 작은 놀이방에서 오르고 구르고 미끄럼을 타며 최고의 시간을 보냈다. 로칸도 진심으로 즐거워 보였다. 다른 아이들이 파티 음식을 먹을 때는 조용히 앉아 있었고, 스타워즈 케이크 앞에서 모두가 생일 축하 노래를 불러주고 촛불을 끌 때는 기쁜 표정을 감추지 못했다.

놀이 센터에서 생일 파티를 준비한 담당 직원에게는 미리 아이의 선택적 함구증에 대해 설명해두었기 때문에 그녀도 어떻게 행동해야 할지 잘 알고 있었다. 그녀가 로칸에게 주스를 마시고 싶은지 물으면 고개를 끄덕이는 식이었다. 하지만 예상했듯이 말은 전혀 하지 않았다.

식사를 마치고 아이들은 작은 전기 자동차를 다 같이 탔는데, 로칸은 그날 처음으로 그것만은 같이하지 않겠다는 의사를 표시했다. 왜 타기 싫어하는지 설명하지는 못했고 형 루크나 아빠가 같이 탄다고 해도 거절했다. 아이는 아직까지도 한 번도 그런 차에 탄 적이 없었고 우리에게도 이유를 설명한 적이 없다.

2월에 멜러 씨와 보조 교사인 윈터바텀 씨는 밸런타인 데이티 댄스사람들이 오후에 만나 다과를 나누고 춤을 추던 사교 행사를 기획했다. 학부모들도 초대된 행사라 가보니 정성이 가득 담긴 따사로운 정경이 우리를 맞았다. 홀에는 풍선이 달려 있고 테이블도 예쁘게 세팅되었고 다과 접시들도 가지런히 놓여 있었다. 교사들은 소년의 이름을 하나씩 부르면서 파트너를 데리고 댄스 홀로 나오라고 했다. 그러면 한 명씩 일어나 춤을 추게 될 소녀를 찾아서 홀의 중앙으로 나온다. 앙증맞고 사랑스러운 모습이었다.

로칸은 처음에는 수줍어서 고개를 들지 못하더니 이름이 불리자 파트너인 에비를 찾아서 자리를 잡고 자세를 취했다. 음악이 시작되기 전에는 나에게 손을 흔들기도 했다. 카펜터스의 〈세상의 꼭대기Top of the World〉의 전주가 나오자 아이들이 홀을 돌며 춤추기 시작했다. 〈스트릭틀리 컴 댄싱Strictly Come Dancing. 미국에서 방영된 〈스타와 함께 춤을Dancing with the Stars〉의 원조인 BBC의 리얼리티 프로그램〉의 심사위원들이 출장 심사를 왔다면 이 귀여운 커플들을 어떻게 평가했을까? 몇 커플은 춤을 추기보다는 마구 돌아다녔고 여자아이 한두 명은 브레이크 댄스를 추는 속도로 남자 파트너들에게 끌려나가기도 했다. 빙글빙글 도는 아이들이 파티 테이블 방향으로 자꾸 다가오기도 하고 발동작보다는 맛있어 보이는 음식에 정신을 팔기도 했다. 그에 비하면 로칸과 에비는 음악에 잘 맞춰서 단정하게 춤을 추는 편이었다. 물론 방향을 잘못 들어서 의자 뒤로 돌아가기는 했지만 말이다.

첫 춤을 마친 후에 소녀들은 한쪽 다리를 뒤로 살짝 빼고 무릎을 구부리며 인사하고 소년들은 한쪽 팔을 벌리고 크게 절을 했다. 로칸은 방글방글 웃기만 했다. 소년들은 소녀들을 의자로 데려다주었고 멜러 씨는 소년들에게 소녀들은 끌려다니는 것을 그렇게 좋아하지는 않는다고 부드럽게 일렀다. 다음 곡은 〈일요일은 참으세요Never on Sunday〉였고 로칸의 파트너는 작은 힐을 구르며 신나게 춤을 추었다. 다음 곡이 흐를 때 로칸은 내가 있는 곳으로 오려 하다가 불쌍한 파트너까지 질질 끌고 오고 말았다.

마지막 춤을 출 때였다. 소년들은 다시 한번 파트너를 불렀다. 이번에는 에비의 여동생도 이 커플에 합류하기로 했다. 멜러 씨가 적당한 곡을 찾느라 이 노래 저 노래 틀어보고 있을 때 로칸은 불청객 때문인지 얼굴을 찡그리고 서 있었다. 선생님은 코모도스의 〈세번째 여인Three Times a Lady〉을 골랐고 춤을 시작하자마자 로칸 파트너의 신발이 벗겨져 로칸은 웃음을 터뜨리고 말았다. 로칸은 에비가 신발을 신고 일어날 때까지 잠시 내 곁에 앉아 있었다. 말은 하지 않아도 로칸이 충분히 흥겨운 시간을 보내고 있다는 것이 눈에 보였다. 아이는 춤이 끝날 때 웃으며 박수를 쳤고 아이들과 함께 우유와 케이크와 비스킷을 먹었다. 우리 학부모들은 차와 케이크를 대접받았다.

그날 오후 우리 꼬마 아이들의 티 댄스는 모든 학부모들에게 선물 같은 시간이었다. 그때 찍은 로칸과 에비의 사진만 보면 그 행복했던 오후의 기억들이 그대로 떠오른다. 로칸이 환하게 웃는 얼굴이 생각나 내 얼굴에도 미소가 번진다.

사실 로칸이 학교 자체를 싫어한 적은 한 번도 없었던 것 같다. 언제나 학교 가는 걸 좋아했고 아침에 가기 싫다고 징징거린 적도 없었으며 학교에 있는 시간을 매우 즐기는 듯했다. 멜러 씨가 자상하신 분이었기에 로칸에게 문제가 있으면 언제든 선생님에게 다가가 어떤 식으로건 의사 표현을 하리라는 믿음이 있었다. 하지만 그해 봄까지도 로칸은 제대로 말을 하지 못하고 있었다. 뜻은 없고 이상한 소리로 이루어진 단어를 몇 개 정도 말하는 식이었다. 멜러 씨는 로칸이 어른이 아무도 없는 학교 운동장에서 말한 적은 있다고 했다. 그래도 친구들은 사귀었기에 조금은 안심이 됐다. 조지는 여전히 로칸의 옆에 바짝 붙어서 로칸의 단짝이자 대변인이 되어주었다.

학기가 거의 끝나갈 무렵 아이의 말문이 드디어 트였다. 그 전 해와 비슷한 시기였다. 예비반 마지막날 나는 복도에 서서 교실 안을 살짝 엿봤다. 읽기 수업 시간이었는데 선생님이 로칸을 지목하자 아이는 소리 내어 책을 읽었다.

이 정도로 편안해지기까지 거의 1년이 걸린다는 이야기였다. 한 학년이 올라갈 때마다 다시 처음부터 시작해야 했다. 예비반에서 초등학교 1학년으로 올라갈 때도 똑같은 반 친구들이 그대로 올라갔고 교실만 바로 옆 교실로 옮겼을 뿐인데도 아이는 다시 처음으로 돌아갔다.

아이러니하게도 가끔은 로칸이 침묵을 지켜주었으면 하는 때도 가끔은 있었다. 예의범절을 잘 이해하지 못해 사람들의 외모를 거침없이 평가하기도 했고 생각이나 관찰한 것을 큰 소리로 말해 당황스러울 때가 많았다.

"하하! 엄마, 저 남자 좀 봐!" 이런 건 흔한 일이었다. 아직은 어리고 워낙 귀엽게 생겨서 대체로 큰일 없이 그냥 넘어가곤 했지만, 그럴 때마다 땅속으로 꺼져버렸으면 좋겠다고 생각한 적이 한두 번이 아니었다. 로칸이 두 살 때 정원에서 잡초를 뽑고 있는데 한 커플이 우리 옆을 지나가며 로칸을 보고 싱긋 웃어주었다. 이 사람들이 지나가자 로칸은 대차게 소리를 질렀다.

"안녕, 거지들!" 아주 큰 소리로 말이다.

너무 황당해서 기가 막히기도 하지만 분명 버릇없는 행동이었다. 다행히 둘 다 마음이 바다처럼 넓은 사람들이었는지 못 들은 척 지나갔다.

다섯 살 때는 맨체스터에서 쇼핑을 하다가 소리를 질렀다.

"저 사람 봐, 난쟁이야!" 이번에도 천만다행으로 그 남자는 로칸의 말을 듣지 못한 모양이었다.

한 번은 주말에 런던의 호텔에 묵고 있을 때였다. 밖에 나갔다가 들어와 1층에서 엘리베이터를 기다리고 있었다. 엘리베이터가 도착해 문이 열리자 아이는 큰 목소리로 진지하게 의견을 개진했다. "어휴, 사람들이 너무 뚱뚱해서 안에 들어갈 수가 없군!" 나는 정말 부끄러워 어디 숨어버리고 싶었다. 그래도 로칸은 적어도 엘리베이터 탑승 정원의 한계가 무엇인지는 받아들이고 있음을 알 수 있었다.

학교에서도 가끔 친구나 선생님들의 허를 찌르는 순간들이 있었다. 다섯 살 때 놀이 시간에 친구들 앞에서 'F'로 시작하는 욕을 스스럼없이 내뱉은 것이다. 깜짝 놀란 같은 반 친구들이 선생님에게 쪼르르 달려가서 이 사건을 알렸다. 로칸이 나쁜 말을 해서 이르려던 것이 아니었다. 로칸의 말문이 터졌다는 것을 말하고 싶어 못 견딘 것이었다!

아이의 말장난과 어이없는 행동은 집 안을 항상 웃음소리로 넘치게 한다. 한 번은 비스킷을 이렇게 달라고 했다.

"레이디 어머니, 레이디 어머니, 저에게 비스킷을 하사하시겠습니까, 흠흠."

내가 아이의 어떤 행동을 혼내면 데이비드에게 이렇게 물었다.

"아빠, 왜 엄마는 미운데 좋아요? 제발 누가 말 좀 해주세요! 왜 엄마는 착한데 나빠요?"

로칸은 어딘가에 꽂히기만 하면 날렵한 행동으로 목표를 쟁취해야 했기 때문에 특히 쇼핑몰에서 눈을 떼지 않고 지켜보고 있어야 했다. 번개처럼 진열대 뒤에 가서 숨거나 계산대에서 뭘 만지작거리면서 '재미있는 것'을 하고 놀았다.

학기가 끝나고 가족끼리 파리의 디즈니랜드로 다시 한번 휴가를 가기로 했기에 로칸의 새 여권을 만들어주어야 했다. 데이비드는 아이를 쇼핑센터의 사진관으로 데리고 가서 여권 사진을 찍었다. 토요일이라 사진관은 사람들로 붐볐다.

로칸은 사진 찍을 때는 가만히 있었지만 사진이 나올 때까지 기다리는 몇 분 동안 가만히 있질 못하고 돌아다니면서 물건들을 '구경하고' 다녔다. 그러다가 카운터 위에 있던 카메라가 눈에 들어왔던 것 같다. 동작이 너무 날쌔서 아무도 눈치채지 못했다. 사실 우리는 언제나 로칸은 재주꾼 닷져Artful Dodger, 교묘하게 발빠하는 사람고 루크는 올리버『올리버 트위스트』의 캐릭터라고 농담을 하곤 했다.

몇 분간의 탐험을 마치고 아빠에게 돌아와서 자랑스러운 전리품을 내밀었다. "이거 아빠 가져!" 데이비드가 내려다보니 그의 손에는 값비쌀 것이 분명한 전문가용 카메라 부품이 놓여 있었다! 그새 카메라를 만지고 분해까지 한 것이다. 물론 그걸 주머니에 슬쩍 넣어오지 않은 것만으로도 다행이었다. 바로 그때 사진이 나왔다고 해서 데이비드는 그 부품을 카운터에 올려놓았고 부자는 재빨리 사진관을 빠져나왔다.

집에서도 로칸이 소중히 간직한 보물들이 있었다. 형 루크가 일곱 살 때 유치가 빠지자 로칸은 그걸 보고 신기해하더니 샘을 냈다. 특히 이빨 요정이 돈을 놓고 가기 시작하면서부터 질투심이 고개를 들었나 보다. 어느 날 밤 루크의 방으로 몰래 들어가 베개 밑에 돈을 잘 두고 나왔는데 나중에 보니 돈이 없어져버렸다. 누구 짓인지 뻔히 알고 로칸 베개 밑을 뒤져보았다. 그러면 그렇지! 거기에 있었다! 이빨 요정은 이런 짓을 기뻐하지 않았고 로칸은 부정으로 획득한 상품을 돌려줄 수밖에 없었다.

로칸은 거칠고 용감한 동물 전문가 스티브 백쉘이 전 세계의 위험한 동물들을 다루는 텔레비전 프로그램인 〈맹수대백과 Deadly 60〉의 열렬한 팬이었다. 몇 시간 동안 푹 빠져서 보았고 위험한 맹수들에게 매혹되었다.

2010년에 리버풀에서 스티브가 '맹수대백과 라이브 쇼'를 연다는 소식을 듣자마자 우리도 가기로 했고 아들들은 뛸 듯이 기뻐했다. 그날은 비가 억수같이 내렸다. 하지만 아이들은 쇼가 끝나고 비 오는 거리에서 덜덜 떨면서 몇 시간이나 스티브를 기다렸다. 다행히 기다린 보람이 있었다. 스티브를 직접 만났을 뿐만 아니라 사진도 찍었던 것이다. 스티브는 두 소년들에게 모두 말을 붙였다. 루크는 대답을 잘했지만, 예상했듯이 로칸은 아무 대답도 하지 않았다.

며칠 후 정원에서 놀던 로칸이 쥐며느리를 발견하자 형 루크의 도움을 받아서 스티브에게 맹수에 쥐며느리도 포함시켜 달라는 편지를 썼다. 스티브는 친절하게 사인을 보내주었고 로칸은 아직까지도 그것을 잘 간직하고 있다. 답장에 별말이 없었던 걸 보니 쥐며느리는 60대 맹수에 들어가진 못하고 탈락한 것 같다.

로칸이 유명인을 만난 적은 한 번 더 있다. 로칸이 태어난 트래퍼드 종합병원의 지원으로 배우이자 사회자인 매튜 켈리가 촬영을 온 적이 있었다. 매튜는 우리 동네 병원의 응급실 부서를 살리자는 캠페인을 했다. 그는 굉장히 친절했고 동네 주민들과 편하게 이야기를 했으며 로칸과도 재미있는 사진들도 여러 장 찍었다. 그 사진에서 로칸은 '우리가 태어난 NHS National Health Service를 지키자'라는 팻말을 들고 활짝 웃고 있다. 매튜는 마치 인간 가로등 같은 포즈를 짓고 로칸 옆에 서 있다. 이런 즐거운 분위기에서도, 로칸은 한마디도 하지 않았다.

초등학교 1학년 때 로칸은 다시 퇴행 증상을 보였다. 똑같은 아이들과 같은 반으로 올라가는데도 그랬다. 그래도 이번에는 약간 다른 느낌이었는데 담임 선생님이 서던 씨라는 남자 선생님이었기 때문이었다. 교사로서의 사명감이 강한 분으로 로칸이 어떤 아이인지 알고 싶어했고 노력도 많이 했다. 아이에게 특별히 더 신경을 써주어서 여러모로 도움이 되었다.

처음에는 아주 느린 속도로 진전을 보였다. 첫 학부모의 밤, 서던 씨는 로칸이 수학 시간에 대답을 한다고 말해주었다. 로칸은 계속해서 손을 들고 담임 선생님과 반 친구들 앞에서 또박또박 정답을 말했다는 것이다. 하지만 수학 시간만 그렇다고 했다.

로칸에게 지속적으로 나타난 증상이자 아스퍼거 증후군의 특징이기도 한 성향은, 모든 것을 완전히 문자 그대로 받아들인다는 점이다. 때문에 항상 명확하게 지시받아야 하고 비유나 상징이나 숙어적 표현을 들으면 혼란스러워한다.

한 번은 서던 씨가 이렇게 부탁했다.

"이 책상에서 의자 좀 빼줄 수 있겠니?"

그러나 로칸은 기분 나쁜 표정을 짓고 멀리 가버렸다. 로칸이 받아들이기에 선생님은 "너 혹시 책상에서 의자를 뺄 줄 아니?"라고 물어본 것이다. 로칸은 아마 이렇게 생각했을 것이다. '당연히 뺄 줄 알죠. 내가 뭐 바본가?' 그때부터 서던 씨는 로칸에게 언제나 간결하고 명확하게 지시사항을 이야기했다.

로칸과 같이 책을 읽는 것은 아주 신기한 경험이 될 수도 있었다. 예를 들어 '눈이 빠지게 울었다'라는 표현을 읽으면 우습다며 배꼽을 잡는다. 말 그대로 눈이 빠지는 것을 상상하기 때문이다. 어떤 책에서는 주인공이 축구를 하다가 게임을 망치고 말았다. 책에서는 '그들은 게임을 날렸다'라고 표현했는데 아이는 이 말이 게임에서 졌다는 뜻이라는 걸 이해하지 못했다. 대신 도화지에 공을 날리는 그림을 그리고는 깔깔대며 웃어댔다. 하지만 항상 웃기기만 한 것은 아니었다. 상대의 말을 제대로 이해하지 못해서 화를 내는 경우도 분명 있었다.

로칸은 『페이머스 파이브Famous Five, 두 명의 소녀와 두 명의 소년 그리고 충직한 개 한 마리로 이루어진 팀이 방학마다 펼치는 모험에 대한 21개의 이야기』 시리즈를 무척 좋아했는데 그 안의 언어 표현들이 황당하고 우습다고 말하곤 했다. 어느 날 밤 나에게 이 문장을 읽어주었다. "곧이어 불꽃이 튀기더니 춤추는 불꽃들이 작은 방을 밝혀주었다." 아이는 이 문장이 아주 이상하다고 생각하고 웃으면서 춤을 추기 시작했다.

앤이 — 로칸은 애니라고 부른다 — 바다의 파도 소리를 "마치 바다가 목청껏 고함을 지르는 것 같았다"라고 묘사하는 부분을 읽자마자 "하지만 바다는 목소리가 없는데"라고 말했다. 그래도 이런 식으로 책을 읽으면서 로칸도 비유적인 표현을 조금씩 이해하기 시작할 거라고 믿었다.

사실 우리는 일상생활에서 수많은 비유와 상징과 속어와 은어를 수시로 사용하고 있지만 모든 것을 있는 그대로 받아들이는 아이를 키우기 전까지는 잘 인식하지 못한다. 이를테면 누군가 "가방이 너무 무거워서 팔 떨어지는 줄 알았네"라고 말하는 걸 로칸이 들으면 상당히 놀랄 수도 있다.

나도 다른 엄마들처럼, 바쁜데 아이가 뭔가를 요구하면 "잠깐만. 1분만 있다가"라고 말한다. 로칸은 이 말을 들으면 그 순간부터 천천히 60까지 세기 시작하고 내가 1초라도 늦으면 화를 낸다. 최근에 루크는 동생에게 스쿨버스에서 있었던 재미난 일을 이야기해주다가 이렇게 말했다.

"웃겨 죽는 줄 알았어!"

"그러면 안 돼! 바보야." 로칸은 화를 벌컥 내며 말했다.

"죽으면 안 된단 말이야."

로칸은 자기 말을 할 때도 문자 그대로, 생각한 것을 그대로 표현하곤 해서 때로는 무례하게 느껴지기도 한다. 여섯 살 때는 내 친구 앨리슨이 집에 들를 일이 있어 현관 앞에서 잠깐 수

다를 떨고 있었다. 내가 이야기에 빠져 로칸이 불러도 대답을 안 하자 "엄마, 엄마" 하면서 계속 불러댔다. "엄마, 빨리 좀 와주세요." 아이가 떼를 쓰기 시작했다. 하지만 나는 별일이 아니라고 생각해 그냥 내버려두고 친구와 이야기를 했다. 마침내 로칸이 복도에 나타났고 현관으로 뚜벅뚜벅 걸어왔다. 전에는 앨리슨 아줌마에게 한마디도 한 적이 없던 로칸이 이렇게 말했다.

"제발 집에 좀 가주실래요?"

로칸의 학교에서 말하기 능력이 하루가 다르게 일취월장하고 있던 6월, 우리는 존 박사와 또 한번 약속을 잡았다. 이번에 그는 염색체 이상을 알아보기 위해 피검사를 해보자고 말했고, 날짜를 잡았다. 간호사가 혈액 샘플 채취를 위해 집에 왔을 때 로칸은 자신이 발견한 개미와 놀고 있었다. 간호사가 주사 놓을 부분을 마취시키기 위해 팔에 '마법 크림'을 발랐다.

미끄러운 바늘이 아이의 팔에 들어가는 것을 보며 나는 곧 비명소리가 들릴 거라 예상했다. 발작을 할지도 모르는 일이었다. 쿵광쿵광. 심장 뛰는 소리가 내 귀에 들릴 정도였다. 그런데 놀라운 일이 일어났다. 로칸은 간호사가 바늘을 꽂고 피를 뽑는 내내 싱글벙글 웃고 있는 것이었다. 빨간 피가 투명한 튜브를 통과해 병으로 들어가는 전 과정을 보면서도 눈 하나 깜빡하지 않았다. 간호사도 내심 놀란 것 같았다. 울고불고하며 엄마에게 매달리는 아이들을 한두 번 본 건 아닐 테니 아마도 로칸이 최근에 본 가장 쉬운 환자가 아니었을까! 다행히 피검사 결과는 정상으로 나와 걱정거리를 하나 덜었다. 하지만 나는 때로 로칸의 웃음이 걱정이 되기도 했다. 아이는 아주 많이 웃었다. 하지만 나는 로칸의 웃음이 피 뽑기라거나 치과 가기 같은 불안한 상황을 이겨내는 방법의 하나라는 것을 알고 있다. 우리만큼 로칸을 잘 모르는 사람들은 환하게 웃는 얼굴에 속아 아이가 불안할 리 없다고 생각하지만 나는 아이가 가장 불안할 때 이런 식의 행동을 한다는 것을 안다. 선택적 함구증은 불안 장애다. 아이가 사람들을 무장 해제시키기 위해 웃음을 이용하는 것인지 아니면 불안을 해소하기 위한 대응기제로 사용하는 건지는 알 수가 없었다. 둘 중 무엇이건 걱정되기는 마찬가지였다.

서던 씨와 함께한 시간이 거의 1년이 되어가자 로칸은 다시 한번 상당히 좋아진 모습을 보였다. 로칸이 2학년에 올라갈 때는 이번에는 다를 거라는 기대감을 품을 정도였다. 하지만 여름방학을 보내기 전인 7월에 학교가 개편에 들어가 2학년을 가르치던 선생님이 5학년으로 갔다는 말을 들었다. 세상이 무너지는 것 같았다. 아들들을 이 학교에 보낸 가장 큰 이유가 바로 스티븐스 씨라는 교사 때문이었다. 훌륭한 선생님인 그녀가 우리 로칸에게도 마법을 부려주기만을 바라며 이제껏 기다렸었다.

이 소식에 너무 충격을 받은 나머지 화가 나다 못해 우울증에 걸릴 것만 같았다. 이제 로칸이 초등학교 생활 내내 다른 아이들처럼 말을 하지 못할 것이고 공부도 뒤처질 거란 절망적인 생각에 사로잡혀 며칠을 끙끙 앓았다. 물론 이럴 때일수록 가만히 앉아서 손놓고 기다릴 순 없었다. 일어나서 움직여야 했다. 새로운 교장 선생님에게 나의 분노와 황망함이 그대로 담긴, 확고한 어투의 편지를 썼다. 그녀는 편지를 받자마자 나에게 전화를 했고 긴 대화 끝에 약간의 희망이 보이는 결론을 얻었다. 결국 로칸은 2학년 때 일주일에 세 번은 '벽 허물기' 프로그램을 해주는 선생님 반에 들어가기로 했다.

나는 평소에는 아주 현실적인 사람이라 웬만하면 이성적으로 문제를 해결하려 한다. 하지만 이런 나도 로칸의 선택적 함구증에 대해서는 감정을 주체하지 못하고 폭발할 때가 있다. 내 아이가 불안 장애로 어딜 가도 말을 못한다는 건 마음에 돌덩이를 얹은 것처럼 괴로운 일이다. 안 그래도 불안해하는 아이가 더 불안해하거나 스트레스를 받는 상황에 놓이게 되면 안타까워 견딜 수가 없다. 그렇지만 되도록 해결은 실질적인 방법으로 하려 한다. 그리고 이 모든 행동에 '나'는 조금도 섞여 있지 않았다. 결국엔 모두 로칸을 위한 것이다.

5장

# 고양이에 빠져들다

2010년 9월 우리 불쌍하고 늙은 뚱보 고양이 플로가 신장 질환을 심하게 앓았다. 나를 보고 자주 울면서 다가왔고 오줌을 더 자주 쌌다. 한번은 모래통을 비우고서 깜빡하고 모래를 다시 넣어주지 않았더니 이 깔끔한 고양이는 내가 바닥에 놔두었던 플라스틱 그릇에 소변을 보았다. 오히려 잘된 일이었다. 소변 샘플을 수의사에게 가져다주어야 했기 때문이다. 그렇게 플로는 소변 채취의 괴로움을 피할 수 있었다. 아는 사람은 알겠지만 고양이 소변을 받는 건 쉬운 일이 아니다.

수의사는 플로의 신장 질환이 심각한 수준이며 안락사를 시키는 것이 최선이라고 말했다. 플로는 이미 열네 살이었고 오래전부터 약해져 있었기에 언젠가 이런 날이 오리라고 예상은 했다. 하지만 막상 고양이가 세상을 떠나자 데이비드와 나는 밀려오는 슬픔을 주체하지 못했다. 고양이는 아주 오랜 시간을 우리와 함께 보냈다. 나는 플로가 우리 곁을 떠나는 것을 도저히 볼 수 없었다. 나 대신 아담과 엄마가 플로의 마지막을 지켰다. 아주 어렸을 때부터 플로를 키워왔던 아담은 큰 충격을 받았다. 사실 플로는 아담의 고양이였다. 우리는 플로를 화장시켰고 유골을 아름다운 유리병에 넣어 리본으로 묶은 다음 아담의 방에 두었다.

얼마 후 로칸이 그 시절 자주 하던 '큰형 방 뒤지며 놀기' 시간에 이 뼛가루를 발견했고 호기심이 발동한 모양이었다. 로칸은 '플로의 뼈와 피'를 직접 보기 위해 이 병뚜껑을 열려고 시도했다. 그때부터 우리는 이 병을 안 보이는 곳에 꽁꽁 숨겨두었다!

살아 있는 동안 늙은 플로는 우리 집 장난꾸러기 세 아들의 등쌀에 못 이겨 2층으로 올라가 평화와 고요를 찾았다. 아이들은 개와는 달리 고양이 플로와는 그렇게 가까운 관계를 만들어 가진 못했다. 우리는 아이들이 그렇게 충격에 빠지지 않을 거란 사실을 알고 고양이의 죽음에 대해 너무 무겁지 않게 잘 설명해 주었다. 아이들은 굉장히 흥미를 보였다. 특히 로칸은 마음 아파하기보다 죽은 고양이를 한 번 보고 싶어했다.

플로가 떠나자 나는 다른 고양이를 입양하고 싶었다. 하지만 우리에게 딱 맞는 고양이여야만 했다. 플로를 들이기 전에 있던 다른 고양이들이 종종 집을 나가버린 경우도 있었다. 플로를 어렸을 때부터 죽을 때까지 오래 키울 수 있었던 것은 플로가 겨울 고양이였기 때문이다. 중성화수술까지 시키고 나니 더욱 밖에 나가려 하지 않았다. 가끔 밖에 나간다고 해도 정원까지만 나갔다. 아마 그래서 14년이나 키울 수 있었던 것 같다.

곧바로 다른 고양이를 입양하기로 했다. 개도 참 좋아하지만 그래도 우리의 선택은 고양이였다. 나는 생각했다. '자꾸 나가려 하거나 돌아다니길 좋아하는 고양이는 별로 원하지 않아. 혈통이 있는 고양이를 키우게 된다면 바깥에 내보내지 않게 될 거야.' 고양이는 주의해서 키우지 않으면 안 된다. 누군가는 문을 열어놓게 마련이고 그러면 밖으로 나간다. 바깥에서 순간적으로 어떤 일을 당할지 모른다.

나는 일을 미루지 않고 플로가 잠든 그날부터 바로 고양이를 찾기 시작했다. 어떤 품종의 고양이를 키울지 정한 것은 아니라서 릴리를 입양할 때처럼 무작정 인터넷에서 고양이 사진을 들여다보기 시작했다. 내가 원하는 종류의 고양이를 알려주는 질문지를 작성하기도 했다. 질문지는 내가 고양이 털을 미용시켜줄 수 있는지, 혹은 아이와 같이 있을 고양이를 찾는지 등을 묻는다. 작성을 마치면 주인에게 맞는 고양이를 골라준다.

두 종의 고양이가 나왔는데 버만과 메인쿤이었다. 하지만 메인쿤은 털 손질이 많이 필요하다고 해서 별로였고, 버만이 남았다. 버만에게 유전적인 문제가 있는지 알아보았다. 어떤 혈통의 고양이들은 심장 질환 같은 의료적인 특이 사항이 있기 때문이었다. 버만은 건강 면에서는 매우 깨끗했다.

이제 입양해줄 사람을 찾아보기로 했다. 우리 집에서 비교적 가까운 곳에 두 사람이 있었고 모두에게 연락해보았다. 자넷 보웬이라는 한 여성이 바로 연락을 해주어 최근 자신의 고양이가 새끼를 낳았고 암컷 고양이 한 마리가 남았다고 말했다. 나는 생후 얼마나 되었는지 물었고, 물론 직접 보면 색이 미묘하게 다르겠지만 털 색깔은 어떤지도 물어보았다. 자넷의 설명이 부족한 느낌도 들었는데, 그녀의 집이 멀지 않은 곳인 랭커셔의 촐리에 있다기에 나는 말했다. "잘됐네요. 제가 가서 봐도 될까요?"

다음날 저녁 엄마에게 아이들을 맡기고 퇴근한 데이비드와 함께 고양이를 보러 갔다. 아이들은 일부러 데려가지 않았다. 아직 결정을 내린 것이 아니기 때문에 아이들이 실망할 수도 있었다. 그냥 한 번 보려고 한 것이었다. 그래도 혹시 몰라서 고양이 이동가방을 차에 싣고 갔다.

우리가 도착하자 자넷이 문을 열어주었다. 그녀의 어깨 위에 작은 털 뭉치 같은 아기 고양이 한 마리가 올라가 있었다. 집 안으로 들어가니 아기 고양이의 엄마가 아주 아리땁고 우아한 모습으로 우리를 맞아주었다. 자넷은 검은 고양이도 한 마리 더 키우고 있었다. 이 고양이의 새끼들도 온 집 안을 돌아다니거나 가구 위에 펄쩍 뛰어올랐다. 플로가 어디론가 뛰어올라간 것은 아주 오래된 일이라서 이 천진하고 건강한 고양이들이 노는 모습만 봐도 신기하고 놀라웠다.

약간 과보호하는 엄마 말투로 나는 말했다.

"와, 그런데 고양이들이 이렇게 막 올라가도 괜찮나요?"

그녀는 웃으며 말했다. "그럼요. 당연하죠."

거기 앉아서 고양이들을 보는데 갑자기 이런 생각이 들었다. '두 마리 데려갔으면 좋겠다.' 하지만 그건 말도 안 되고 분수에 넘치는 일이었다. 그녀가 특별히 가격을 높게 부르지는 않았지만 이 고양이는 최하 4백 파운드였다. 그녀는 내 마음을 읽었는지 두 마리를 사면 좀 깎아주겠다는 말을 했다.

"은행에 가서 돈 뽑아 올까?" 역시 고양이에게 홀딱 반해버린 데이비드가 슬쩍 말을 꺼냈다.

"안 돼!" 나는 단호하게 말했다. "서두르지 말자."

얼마나 깎아줄 수 있는지를 기대했는지는 모르겠지만 절대 많은 액수는 아닐 거라는 걸 알았다. 게다가 병원비, 사료값도 만만치 않다. 반려 동물을 키우는 데는 생각보다 큰돈이 든다. 그래서 나는 한 마리로 충분하다고 스스로를 설득했다. 우리는 유일한 암컷 고양이인 '제시'를 골랐다. 몸엔 크림빛 털, 얼굴엔 까만 털이 덮여 있고 아름다운 파란 눈을 가진 깜찍한 고양이였다. 도저히 거부할 수 없는 미묘한 매력을 가진 고양이였다. 그냥 가기엔 도저히 발이 떨어지지 않아 그대로 고양이 이동가방에 넣어서 바로 집으로 데려왔다.

아이들은 아직 자지 않고 새로운 식구를 목이 빠져라 기다리고 있었다. 먼저 개가 가까이 오지 못하게 막아놓았다. 사실 릴리는 고양이 플로를 무서워했는데 플로가 발톱을 세우곤 했기 때문이다. 그게 공격적이지는 않았지만 누가 이 집의 보스인지 알려줄 만큼은 위협적이었다. 하지만 릴리가 강아지였을 때 플로는 다 큰 고양이였기에 자신의 영역을 확실히 지키려고 한 것도 당연하다. 하지만 제시는 다를 것이었다. 지금은 몸집이 아주 작고 여린데 만약 릴리의 공간을 침해하면 릴리가 어떻게 나올지 알 수 없었다. 릴리를 밖으로 내보낸 후 고양이 이동가방을 바닥에 놓고 문을 열었다. 작고 귀여운 털 뭉치가 툭 하고 튀어나왔다. 워낙에 이 고양이가 개성 있고 귀엽게 생긴 데다 이렇게 어린 새끼 고양이를 가까이에서 본 적이 없었기 때문이었는지, 아이들은 제시를 보곤 정신을 못 차렸다. 우리 고양이는 얼굴이 예쁘기도 하지만 사람도 무척 잘 따른다. 모르는 사람이 안아도 할퀸다거나 도망가는 법 없이 얌전히 안겨서 쓰다듬게 놔두곤 한다. 아니면 소파 위로 풀쩍 뛰어올라 아이들 무릎 위에 동그랗고 몸을 말고 앉는다. 아이들은 이날 고양이에게 첫눈에 홀딱 반해버리고 말았다.

로칸도 제시가 집에 들어온 그 순간부터 제시가 거는 마법에 빠졌다. 이동가방 속에서 튀어나오는 고양이를 보았을 때 아이의 얼굴에 떠오른 설레는 표정은 정말 사랑스러웠다. 고양이 제시는 작고 아주 예뻤고 또 로칸이 안아주고 들어 올려주는 것을 무척 좋아했다.

사실 대부분의 고양이들은 어린아이들이 자신을 만지는 것을 거부하는 경향이 있다. 아이들이 거칠게 다루기 때문이다. 그러나 버만 고양이는 아이들과 잘 지내는 것으로 유명하다. 제시는 언제나 차분하고 너그러운 고양이였다. 또 버만 아기 고양이들은 사회성이 있고 친화력이 강하며 특히 어린이들의 움직임이나 높은 목소리 톤에 끌린다고 한다. 제시는 한시도 가만히 있지 않은 꼬마인 로칸을 눈으로 쫓으며 로칸의 모든 행동에 관심을 나타냈다. 그리고 소년의 놀이에 늘 같이 끼고 싶어했다. 아이가 인디아나 존스를 흉내내며 온 집 안을 뛰어다니거나 놀이방에서 장난감을 갖고 놀 때 제시는 언제나 그 옆에 있었다.

로칸과 제시가 너무 빨리 친해져서 우리 가족들도 놀랐다. 아이가 이렇게까지 긍정적인 반응을 보이리라고는 기대하지 않았던 것이다. 로칸이 세 살 때 강아지를 데리고 왔었다. 로칸은 릴리도 무척 좋아했지만 제시에게 보여주는 이러한 다정함을 보이진 않았다. 릴리와는 거칠게 같이 레슬링을 하고 헤드락을 걸고 장난치며 놀았다. 그래도 릴리는 별로 상관하지 않는 듯했다.

처음부터 로칸은 제시에게 유난히 부드럽게 대했다. 아기 고양이와는 거칠게 놀아서는 안 된다는 것을 아는 것 같았다. 제시에게는 무척 상냥하게, 마치 동생에게 하듯이 아기 목소리로 말을 걸기도 했다. 로칸은 제시를 아끼고 보호하기 시작했고 지금도 사람들이 제시에게 '함부로 대한다'고 생각하면 곧바로 화를 낸다.

"괜찮아, 제시?" 아이는 다정다감한 목소리로 묻는다. "사람들이 나쁘게 했어?"

내가 어렸을 때 키운 첫 고양이가 가끔 생각났다. 엄마가 개에게 쫓기는 녀석을 구해준 다음 키우기로 한 고양이였다. 오빠와 같이 이름을 지어보려고 했지만 의견 일치가 되지 않았고 그 불쌍한 고양이 친구에게는 이름이 없었다. 그래서 평생 양이, 고양이로 불렸다. 나와 오빠처럼 우리 아들 셋이 고양이 이름을 서로 짓겠다고 싸우면 결판이 안 날 것 같아 내가 이름을 정하고 무조건 그 의견을 따르기로 했다.

로칸이 아끼는 캐릭터 인형 중에 〈포스트맨 팻〉에 나온 고양이인 '제스'가 있었다. 원래 아담이 내게 선물로 준 것이지만 로칸이 점점 좋아하게 되었고, 말하자면 로칸이 입양을 했다. 나는 그 고양이 인형의 이름도 마음에 들었다. 그래서 고양이를 집으로 데려오자마자 아이들에게 이름은 제스로 정했다고 말했다. 로칸이 특히 기뻐했다. 자기 캐릭터 인형과 이름이 같으니 말이다. 이후 몇 주에 걸쳐서 제스는 제시로 불리기도 했고 잠깐 제시카가 되었다가 마침내 '제시캣'으로 최종 결정되었다.

앞에서 잠깐 말했지만 고양이의 족보 이름은 블루진 엔젤이다. 우리에게 왔을 때 제시는 생후 12주였고 배변 훈련도 되어 있었다. 고양이들은 강아지처럼 산책을 시켜주어야 하는 것도, 관심을 가져주어야 하는 것도 아니다. 고양이는 그저 사료를 그때그때 주고 화장실 청소를 해주기만 하면 그만이다. 하지만 제시는 로칸에게 엄청난 사랑과 관심을 받았고 그 사랑을 돌려주었다. 둘은 곧 서로 없어서는 안 될 사이가 되었다.

고양이는 로칸 뒤를 졸졸 따라다니고 로칸이 웃는 소리를 내면 찾아와서 쳐다보고 학교에서 돌아오면 현관에서 가장 먼저 맞아주었다.

로칸은 언제나 세계대전과 군대를 좋아했다. 장난감 병정들도 많았고 2011년 4월 윌리엄 왕자와 케이트 미들턴 — 이제는 캠브리지의 공작과 공작 부인이 되었다 — 의 결혼식을 축하하기 위한 학교 파티에 병사 복장을 하고 갔다. 로칸이 직접 만들어준 어머니의 날 카드에도 총을 든 군인이 그려져 있었다!

제시가 아기 고양이였을 때 로칸은 바닥에서 요새와 작은 장난감 군인들을 갖고 노는 것을 좋아했다. 놀이방 바닥에 넓은 빈 공간을 만들어두고 몇 시간 동안이나 방에 틀어박혀 전투 대형으로 병정들을 나란히 줄 세우기도 했다. 그러면 제시는 조심스럽게 전투 대형으로 서 있는 수십 개의 병정들 사이로 기어 들어갔다가 가끔은 장난기가 발동해 넘어뜨리기도 했다.

재미있는 건 로칸은 이럴 때 한 번도 고양이에게 가라고 소리를 지르거나 혼내지 않는다는 점이다. 만약 개나 우리 집 다른 식구들이 그랬다면 아마 성질을 있는 대로 내면서 '새머리'라는 둥 '얼간이'라는 둥 알고 있는 모든 욕을 한 바가지 퍼부었을 것이다. 하지만 제시가 그러면 웃어버리거나 그러지 말라고 부드럽게 말하고 끝이다.

둘이 놀이방에서 병정 인형들을 갖고 노는 모습을 비디오로 녹화해놓기도 했다. 로칸이 계급에 따라 군인들을 정렬을 시켜

놓았는데 제시가 뛰어들었고 병사들은 처참한 전투가 끝난 전쟁터에서처럼 널브러져버렸다. 로칸은 꾹 참고 인내심 있게 이것들을 하나씩 하나씩 다시 세운다. 아직 두세 개밖에 세우지 못했는데 다시 고양이가 달려든다. 이때는 제시간에 잡아채었고 다시 한번 모든 것을 세워놓기 시작한다. 만약 루크나 내가 병정들을 넘어뜨렸다면 난리가 났었겠지만 제시가 그러면 "하지 마" 하고 한마디 할 뿐이다.

이 장난꾸러기 커플은 로칸이 갖고 있는 인디아나 존스 의상 중에 하나인 인디아나 존스 채찍을 갖고 하는 놀이를 가장 좋아한다. 아이가 이것을 휘두르며 집을 돌아다니면 제시는 그 뒤를 열심히 쫓아다닌다. 둘은 몇 시간이고 이렇게 논다.

로칸은 감정을 표현하는 데에도 어려움을 겪고, 가끔은 기분이 극단적으로 변해 힘들어한다. 아이는 완전히 행복해서 노래하면서 돌아다니는가 하면 완전히 침울해하고 발작하듯이 울어대기도 한다. 중간 단계가 별로 없는 것인데 이것은 후에 교육 심리학자를 만난 후에야 알게 된 특성이기도 하다.

로칸이 울거나 심한 짜증을 낼 때는 굉장히 시끄럽다. 있는 대로 소리를 지르고 온몸을 뒤흔들며 운다. 웃음소리 또한 시끄럽다. 2층 침실에서 깊이 자고 있다가 1층 거실에서 아이가 웃는 소리에 깰 때도 있다. 목소리 톤도 무척 높아서 아이가 소리를 지를 때는 고양이들도 몸을 움츠릴 것만 같다. 고양이들은 대체로 시끄러운 소리를 싫어하기 때문이다. 그러나 제시만큼은 로칸의 목소리를 별로 거슬려하지 않는 듯했다. 아이가 울거나 소리를 지르면 개는 멀리 도망가버리지만 제시는 옆에 그대로 있는다. 옆에서 달래주는 것은 아니었지만 그렇다고 아이 곁에서 멀어지지도 않았다. 그냥 그렇게 옆에 존재해주는 것만으로도 큰 위로가 되는 듯했다.

고양이가 아홉 개의 목숨을 갖고 있다면, 제시의 목숨은 아마 여섯 개밖에 남지 않았을 것이다. 첫 생일이 되기도 전에 세 개를 다 써버렸기 때문이다.

처음 몇 달 동안 밤이면 제시를 내 방으로 데리고 갔다. 일단 강아지 곁에 두는 것이 마음에 걸렸다. 릴리는 눈에 띄게 질투하고 있었고 잘못하다 고양이를 발로 차거나 심하면 목을 물어버릴 수도 있겠다는 생각이 들었다. 자신의 우위를 보여주기 위해서 개가 충분히 할 수 있는 행동이며 아직 고양이가 너무 어리기에 계속 감시하기로 했다.

고양이를 데리고 온 날 밤부터 개는 관심을 보였다. 다치게 할 것 같지는 않았지만 아직은 마음을 푹 놓을 때가 아니었다. 그래서 제시를 고양이 침대에서 안아 올려서 2층으로 데리고 갔다. 바닥 위에 내려놓자 침대로 폴짝 뛰어올라가더니 내 배게 옆에 동그랗게 몸을 말고 자리를 잡았다. 그 모습에 마음이 약해져 도저히 바닥에 내려놓을 수 없어서 고양이 옆에 조심조심 내 자리를 잡고 누웠다.

아침에 눈을 뜨자마자 제시가 보이지 않아서 찾아보니 베개 밑에 눌려 있었다. 그런데 제시는 움직이지 않았다. 순간 차가운 공포가 온몸을 감쌌다. 질식사했을 거라 생각하자 내 피가 식는 것만 같았다. 소리를 질렀다.

"어떻게 내가 죽였나봐! 나 때문에 죽었어."

데이비드가 조심스럽게 들어올리자 고양이는 눈을 살짝 떠서 깜박이더니 하품을 했다. 휴, 십년감수!

며칠 후 제시의 호기심 때문에 죽을 뻔한 사건도 있었다. 고양이가 목욕탕 욕조에 빠졌던 것이다. 고양이가 물을 좋아할 거라고는 생각도 못했기에 거품 목욕을 하기 위해 욕조에 물을 받아놓고 문을 닫아놓지 않았다. 욕실에 들어가보니 제시는 사색이 된 채 물을 뚝뚝 흘리며 욕실 매트 위에서 덜덜 떨고 있었다. 이렇게 불쌍한 모습은 처음이었다. 어쩌다 물에 빠져서 어떻게든 수를 써서 혼자 욕조 벽을 타고 기어올라온 모양인데 문제는 나는 워낙 물을 깊이 받아놓고 목욕하는 편이라 잘못했으면 익사했을 수도 있었다는 점이다.

제시가 워낙 예쁘고 사랑스러운 고양이라 많은 지인들이 제시의 새끼를 얻어 키우고 싶어했다. 하지만 우리는 그렇게 하지 않기로 했다. 어미의 건강이 위험해질 수도 있고 제시가 새끼를 낳는다면 마음 약한 내가 전부 키우려 할 것이 뻔했다. 그래서 제시가 6개월이 되었을 때 중성화수술을 받게 하려 병원에 데리고 갔다. 우리 집의 다른 동물들도 다 그렇게 했다. 평범한 수술이기에 별문제 없을 거라 생각했다. 제시를 나중에 데리러 가기로 하고 집으로 왔다.

그날 오후 수의사에게 전화가 왔다. "고양이가 지금은 괜찮은데요. 마취 주사를 놓았을 때 잠깐 심장이 멈췄었습니다."

뭐라고? 만약 제시가 죽으면 아이들에게 어떻게 말해야 한단 말인가? 어떻게 해야 한단 말인가. 나는 패닉 상태가 되었다. 수의사는 엑스레이로 심장 기형 여부를 확인해보고 하루 정도는 더 지켜보겠다고 말했다. 이미 제시에게 엄청 정이 들어서 제시를 잃는다는 생각만으로도 눈앞이 하얘지고 손이 덜덜 떨렸다.

다행히 엑스레이 검사 결과는 정상이었다. 수의사는 마취 약품이 제시에게 맞지 않았던 것 같다고 했다. 수의사는 제시가 파란 눈으로 유명한 렉돌 고양이일 것이라 생각했다고 한다. 버만과 달리 이 종에는 심장의 문제가 있는 것으로 알려져 있어서 더 깜짝 놀랐다고 한다. 결국 그날은 중성화수술을 하지 못했다. 이후 몇 달 동안 고민하다가 다른 수의사에게 찾아가서 물었다. "어떻게 하면 좋을까요?"

수의사가 대답했다. "다른 약품을 써보도록 하죠."

이번에는 무사히 수술을 마칠 수 있었다. 고작 중성화수술 때문에 제시를 잃을 수도 있다는 생각을 해본 적은 없었지만 첫 경험의 트라우마 때문에 수술하는 내내 안절부절못했다.

감사하게도 우리 고양이는 이 모든 죽을 고비를 넘고 살아남았다. 그때까지만 해도 이 사랑스러운 고양이가 우리 가족의 삶에 앞으로 어떤 영향을 미치게 될지 아무도 몰랐다.

6장

# 강한 유대감

제시는 언제나 집고양이였다. 가끔 정원에 내놓기는 했지만 나는 언제나 제시에게서 눈을 떼지 않았다. 로칸은 고양이를 지켜보는 것을 좋아해서 고양이가 나가고 싶어하면 꼭 같이 나갔다.

처음 몇 번 나갔을 때 제시는 주변을 열심히 탐험하기도 하고, 나무에 올라갔다가 구조되기도 하고, 꽃밭에 들어갔다 나오기도 했다. 어느 날 오후 로칸과 같이 밖에서 놀고 있는데 제시가 갑자기 울타리를 뛰어 넘어가더니 순식간에 시야에서 사라져버렸다. 너무 순식간에 일어난 일이라 손을 쓸 수도 없었다. 겨우 정신을 차리고 이름을 불러보았지만 제시는 아무데도 없었다. 두 시간 동안 미친 듯이 이웃집 문을 두드리고 이름을 부르며 거리를 헤매고 다녔다. 그리고 그 시간 동안 제시는 우리 집에서 몇 블록 떨어진 집의 꽃밭에서 나비를 쫓으며 평화로운 오후를 만끽하고 있었다. 주인이 어떤 지옥을 겪었는지 전혀 모르는 눈치였다.

2011년 4월 제시가 우리 집에 온 지 6개월쯤 된 어느 화창한 봄날, 우리는 제시를 데리고 정원으로 나갔다. 제시는 풀을 뜯거나 바닥을 킁킁거리면서 여유롭게 시간을 보냈다. 보통은 있어야 할 곳에서 멀리 벗어나지 않는 편이지만 이날은 날씨가 워낙 좋아서 그랬는지, 아니면 장난기가 발동했는지 또 한번 모험을 감행했다.

루크와 로칸은 정원에서 고양이를 지켜보고 있었고 나는 고양이 화장실을 닦느라 바빴다. 참으로 우아하고 매력적인 고양이 집사의 생활! 갑자기 아이들이 소리를 질렀고 로칸은 걱정이 가득한 얼굴로 집에 뛰어들어왔다.

"제시가 나무 위에 올라갔는데 내려오지 못하고 있어요!" 아이는 숨이 턱까지 차서 말했다.

제시가 우리 집 뒷마당에 있는 3.5미터 정도 되는 나무의 가위에 매달려 있었다. 원래 나무를 잘 타는 루크가 오를 수 있는 데까지 올라보았지만 손이 닿지 않았다. 고양이는 금방이라도 떨어질 것처럼 대롱대롱 매달려 구슬프게 울기 시작했다.

"집에 들어가서 아담 형 나오라고 그래." 데이비드는 병원에 있었고 나머지 식구 중 가장 키가 큰 사람이 아담이었다. 이런 일로 소방차를 부르는 한심한 짓은 피하고 싶었다. 아담이 애쓴 끝에 불쌍한 고양이 제시가 구조되었다. 안전한 땅을 딛고서야 안심하는 표정이었다. 그 뒤로 얼마 동안 제시는 바깥 외출을 금지당했다.

·

보름 후 아침에 1층으로 내려가보니 제시가 집 안을 돌아다니고 있었다. 분명 무언가를 쫓는 것으로 보여 자세히 들여다보니 파리였다. 거의 두 시간 동안 파리를 스토킹하면서 이리저리 튀어 오르고 있었다. 우리 식구 모두 제시의 파리 잡기 묘기를 흥미롭게 지켜보았다. 제시는 집고양이였기에 '야생'고양이처럼 먹이를 사냥하고 쫓는 모습이 신기할 따름이었다.

결국 파리는 구석에 몰렸고 거실의 창문 주변에서 윙윙거리며 날아다녔다. 드디어 사냥꾼 제시가 뛰어올라 파리를 잡았다. 우리는 제시를 빙 둘러싸고 서 있다가 파리를 잡는 순간 너나 할 것 없이 축하의 박수를 쳐주었다. 물론 반죽음이 된 희생자를 처리하는 것은 내 몫이었다.

로칸은 어렸을 때 주디스 커독일의 어린이 책 그림 작가의 『모그Mog』 시리즈를 좋아했었다. 물론 이 시리즈의 주인공 모그는 고양이다. 그러고 보면 로칸은 언제나 고양이에게 끌렸던 것 같다. 하지만 로칸과 제시 사이는 단순히 고양이를 귀여워하는 주인과 애완 고양이의 차원이 아니다. 좀더 각별하달까. 제시는 로칸의 방에서 아주 많은 시간을 보내기 시작했고 우리가 로칸에게 사준 복슬복슬한 퀼트 이불에서 자게 되었다. 밤에 침대에서 로칸에게 책을 읽어주면 제시는 자기도 들려달라는 듯 침대 위로 올라와 몸을 동그랗게 만다.

아직도 밤이면 로칸은 침대 주변에 캐릭터 인형들을 경비대처럼 배치해놓는다. 낮에는 원숭이 인형들을 침대 위에 올려놓는데 이때 인형들은 로칸과 제시를 동그랗게 감싸고 있다. 말하자면 원숭이들은 경호원들이고 제시는 공주인 셈이다. 때로 제시는 캣 트리에 앉아 가짜 쥐를 일부러 떨어뜨리고 로칸은 그것을 계속해서 끊임없이 다시 올려놓는다. 마치 로칸이 한 살짜리 동생과 놀아주는 것 같다.

또 이 둘은 놀이방에 있는 제시의 골판지로 만들어진 성을 이용해서 놀기도 한다. 제시가 성으로 들어가 창문으로 고개를 쏙 내밀면 로칸은 제시 눈앞에 장난감을 대롱대롱 흔든다. 제시가 그것들을 잡으려고 발톱을 세우면서 헛발질을 하면 로칸은 깔깔거리며 웃는다.

"제시 좀 봐, 제시가 나쁜 놈들 처치한데."

하지만 로칸에게 제시는 그저 재미있고 편한 놀이 상대만은 아니다. 로칸은 점점 자기가 하는 모든 일에 제시를 포함시켰다. 그리고 제시에게 말을 시켰다. 하루종일. 끊임없이.

제시가 방으로 들어오면 로칸은 수다쟁이가 된다. 그날 무슨 일이 있었는지, 학교에서 뭘 배웠는지 이야기하고 또 한다.

로칸이 제시에게 말을 잘하긴 했지만 감정을 드러내거나 하지는 않았다. 일부러 하지 않는 것이 아니라 아마도 할 수가 없기 때문일 것이다. 만약 내가 "오늘 학교 어땠어?"라고 물으면 로칸은 "짜증났어"라고 대답한다. 내가 "왜 짜증이 났는데"라고 물으면 대답을 안 하고 입을 닫아버린다. 아이의 마음속에 어떤 일이 일어나고 있는지 우리는 알 길이 없다. 로칸은 다른 아이들처럼 학교에서 안 좋은 일이 있었을 때 이야기할 수가 없었다. 담임 선생님이 교육을 간다거나 자리를 비워 임시 교사가 오면 겉으로 말은 하지 않지만 약간씩 투덜대거나 기분이 나빠 보인다. 그러면 우리는 아이에게 무슨 일이 있었을거라고 짐작할 뿐이다. 아이는 감정을 솔직히 터놓을 수가 없다. 아이는 "난 새로 온 선생님 싫어"라고 말하지 못한다. 그렇기 때문에 로칸의 학교생활이 걱정될 수밖에 없었다. 만약 친구들에게 괴롭힘을 당하거나 왕따를 당하거나 기분 나쁜 일이 있어도 우리에게 말하지 못할 것이기 때문이다.

로칸은 제시에게도 자신의 감정이나 속내를 이야기하지 않았다. 이를테면 "오늘 그런 일이 일어났는데 기분 나빴어"라고 말하지 않는다. 하지만 로칸은 제시에게 무언가를 말할 때마다 소리로 반응을 얻는다는 사실에 무척 기뻐하는 것 같았다. 제시의 야옹 소리는 무척 큰 편이었고 아이의 수다에 거의 대답을 해주었고 로칸은 더 신이 나서 떠들곤 했다.

또 액션 피겨들을 바닥에 놓고 놀면서 전투나 군인들에 대해서 하나하나 설명해주기도 한다. "이 초록색 군복의 군인이 검은색 군복의 군인과 싸우는 중이야." 그리고 누가 착한 우리 편인지 누가 나쁜 편이지 설명한다. 계속해서 제시에게 질문을 하고 야옹 소리를 들으면 그것이 자기가 원하는 대답이었다는 듯이 흡족한 표정을 짓는다.

로칸은 작은 까치처럼 언제나 반짝거리는 '보물'들을 모으는 것이 취미였다. 일곱 살 때 엄마네 집에 갔을 때 2층 화장실에 올라갔다가 엄마의 보석으로 온갖 치장을 하고 내려온 적도 있었다. 팔에는 팔찌를 몇 개씩 차고 손가락마다 반지를 꼈다. 집에 올 때 그것들을 다 빼게 하는 데 애를 먹었다. 아이는 계속 '가장 쪼그만 것'만 가지면 안 되냐며 졸랐는데 그 가장 쪼끄만 것이란 게 아주 묵직한 22캐럿짜리 결혼반지였으니 당연히 절대 안 된다고 했다. 집에 오자마자 아이는 제시에게 일러바쳤다.

"할머니가 쪼그마한 금색 반지 안 줬다. 나빴지? 그치?" 아이는 곧 동정과 공감의 야옹 소리를 들었다. 물론 그뒤로 엄마 집에 갈 때마다 로칸은 직선 코스로 곧장 보석 상자로 달려가 반지를 찾아내 손가락에 끼었다.

로칸이 학교에서 돌아오면 제시는 1층으로 슬그머니 내려와 로칸을 찾는다. 제시는 다른 고양이와 달리 잠을 오래 자지 않고 놀거리를 찾아 눈을 반짝이며 집 안을 어슬렁거리는 편이다. 제시가 로칸 방에 들어가 둘이 상봉을 했다는 건 눈으로 보지 않아도 알 수 있다. 로칸이 새가 지저귀는 것처럼 제시에게 시시콜콜하게 모든 걸 말하는 소리가 들리기 때문이다. 그 소리만 들으면 저절로 웃음이 난다. 아이가 제시에게 속을 털어놓는다는 건 분명 긍정적인 일이니까.

이 둘 사이를 잘 그려낸 사랑스러운 사진 한 장이 있다. 로칸이 방과후 축구 수업을 끝내고 집으로 와서 무릎을 꿇고 진흙 묻은 축구화를 벗으려고 하고 있다. 그때 제시가 로칸에게 다가가 자신의 코로 로칸의 코를 건드리는 장면이다. 아주 달콤한 순간이지만 동시에 이 사진을 보면 마음 한구석이 살짝 아려온다. 로칸은 나나 데이비드의 스킨십은 거부하기 때문이다. 그런데 동물, 특히 제시가 자신의 몸을 만지는 것은 싫어하지 않는 것이다.

제시는 다른 고양이들처럼 노트북 키보드 위에 올라앉기도 하고 2층으로 올라가는 사람들 다리 사이를 종횡무진하기도 하며 벽지를 긁어놓고, 진공청소기를 무서워하기도 한다. 세탁기나 건조기를 사용하기 전에 꼭 확인해야 했는데, 제시가 그 안에서 웅크리고 잠을 잘 때가 있기 때문이다. 진공청소기 소리를 싫어해서 내가 청소기를 돌리면 어디론가 가버렸다가 끄면 다시 돌아왔다. 제시가 청소기를 싫어해서 빗자루로 바닥을 쓸면, 빗자루 주변에서 계속 돌아다녀 일을 두 배로 만들기도 했다.

얼마 전 로칸은 내가 부엌 바닥을 빗자루로 쓰는 것을 보더니 자기도 한 번 해보고 싶다고 했다. 시범을 보여주면서 제시가 지저분하게 하지 않게 잘 보면서 청소하라고 설명했다. 제시는 이때다 싶었는지 빗자루를 쫓아다니며 어지르기 시작했고 로칸은 나를 불러대기 시작했다.

"엄마! 제시가 계속 내가 쓸어놓은 깨끗한 바닥을 지저분한 발로 돌아다녀! 어떻게 해?" 사실 말은 그렇게 하면서도 로칸은 계속 웃고 있었고 제시가 자신의 빗자루질을 '도와주고' 있다는 사실을 은근히 즐기고 있었다.

요전 날에는 책장을 정리하려고 했는데 제시가 행동 개시

타이밍으로 알고 책장에 올라가 책 위에 냉큼 앉아버렸다. 어쩔 수 없이 포기하고 다음으로 미룰 수밖에 없었다.

우리 집 전화기는 복도에 있어서 내가 전화를 받을 때마다 제시는 난리법석을 피운다. 탁자에 올라가거나 크게 울거나 고개를 전화기에 몸을 비비는 것이다. 제시가 버튼을 누르는 바람에 몇 번이나 전화를 끊기도 했다. 또 전화를 하며 메모를 하려고 하면 내 손에서 펜을 빼앗기도 한다. 그렇다고 전화할 때 어디에 가둘 수도 없었다. 제시는 집 안의 모든 문을 열 수가 있다.

또 고양이는 푹신하거나 포근한 것에 대한 애정이 남다르기 때문에 바닥에 무언가를 내려놓을 땐 조심해야 했다. 내가 무척 아끼는 방울 달린 목도리가 몇 주 동안은 계단 위에 있다가 그다음 며칠은 계단 아래에 놓여 있곤 했다. 셜록 홈스가 아니라도 이걸 누가 갖고 놀았는지 쉽게 추리해낼 수 있었다. 분명 외출 후에 침대 끝에 놓았던 것 같은데 어찌 된 게 늘 고양이가 놀다버린 곳에서 발견된다.

장난꾸러기 고양이는 일부러 릴리가 자기를 쫓게끔 하면서 놀리기도 했다. 처음에는 릴리 앞에서 약간 불안해했지만 이제 제법 당당해졌으며 둘은 싸우기도 하고 서로를 쫓기도 한다. 물론 다 장난이다. 사실 알고 보면 이런 작은 싸움의 발동은 제시가 걸지만 로칸에게 혼나는 건 릴리다. 둘이 티격태격하는 걸 싫어하는 로칸은 언제나 릴리를 쫓아내며 엄하게 말한다. "그만해, 릴리. 제시 괴롭히지 말라고!"

제시는 자기 의사 표현을 아주 잘한다. 안기고 싶거나 장난치고 싶을 때면 늘 큰 소리로 운다. 로칸이 제시를 자주 안는 건 아니었지만, 로칸이 제시를 안는 모양은 늘 불안했다. 제시는 앞발을 몸 안에 숨기고 로칸에게 겨우 매달려 있곤 한다. 다른 고양이라면 내려달라고 울거나 꿈틀거릴 텐데 제시는 잘 참는 것 같았다. 하지만 내가 보고 있을 수가 없었다. "로칸, 제시 내려놔. 그렇게 안아주는 거 별로 안 좋아하는 것 같아." 하지만 로칸은 계속 장난을 치고, 제시는 뭐가 그렇게 좋은지 계속 로칸 꽁무니를 따라다닌다. 사실 그렇게 자주 안아줄 필요도 없었다. 로칸이 소파에 앉아 텔레비전을 보면 제시가 어느새 다가와 옆에 앉거나 눕는다.

제시는 호기심이 강한 고양이고 사람들이 무엇을 하는지 알고 싶어한다. 내가 집안일을 하거나 쉬고 있어도 귀신같이 나를 찾아낸다. 누군가와 같이 있는 걸 좋아하고 사람을 좋아해 사람을 찾는다. 하지만 어른들은 같이 놀기 지루한 상대다. 늘 요리를 하거나 앉아서 이야기하니 지루하고 별 흥미가 안 생긴다. 하지만 소년들에겐 장난감도 많고 재미있는 물건도 많으니 고양이 입장에서도 소년들의 방에 있는 것을 훨씬 재미날 것이다. 찬장이나 책장에 뛰어올라가 큥큥거리며 온갖 물건을 쓰러뜨리기도 한다.

제시는 상당히 영리한 고양이 같았다. 자기의 이름도 금방 알았고 우리 방에서 자다가 내가 "침대로 가, 제시"라고 말하면 군말 없이 2층으로 재빨리 뛰어올라갔다.

얼마 동안 밤에는 제시를 2층에 두었지만 지금은 자고 싶은 곳에서 자게 한다. 침실 문은 제대로 잘 안 닫히지만 내가 밀어서 닫아놓으면 고양이는 약간 문을 긁다가 조용해지고 다른 방으로 들어간다. 그러다 방에 앉아 책을 읽고 있으면 나를 보고 깜짝 놀라는 표정을 짓는다. 분명 내가 2층에 올라왔다는 것을 알 텐데 왜 그렇게 놀라는지 모르겠다.

우리 집에 놀러오는 사람들 중에서 고양이를 싫어하는 사람도 제시에게는 말을 붙인다. 고양이라면 질색을 하는 친구도 제시만큼은 예외다. 쓰다듬어주는 것까진 아니지만 제시에게 매료된 것은 확실하다. 아마도 사람을 꿰뚫어보는 듯한 이 파란 눈 때문일 것이다. 그 눈은 정말 특별하니까.

2011년 4월, 로칸은 학교 친구 두 명과 비버 스카우트 — 영국의 스카우트 중 가장 어린 아이들이 속한 단체 — 에 가입했다. 계속 스카우트 활동을 했던 형 루크는 컵 스카우트로 올라갔다. 형을 데려다주면서 항상 가봤던 곳이기에 로칸은 무척 좋아했다. 리더들이 모두 로칸을 알고 있었고 그들에게도 선택적 함구증에 대해서 설명해준 적이 있었다. 덕분에 리더들은 로칸을 잘 이해해주었다.

그들은 로칸이 큰 소리로 비버 스카우트 선서를 하지 못한다는 것을 알았기에 선서 내용을 종이에 적게 한 다음 다른 사람이 읽어주게 했다. 로칸은 일주일에 한 번 있는 모임을 무척 기다렸지만 스카우트가 단체 여행을 가기 시작하면서 로칸 스스로 갈 수 없다고 느끼는 것 같았다. 하지만 숲속 산책 같은 짧은 나들이를 하는 것만으로도 큰 발전이었고 우리는 만족했다.

로칸이 스카우트에 가입한 후 첫 여름에 비버 스카우트는 더 큰 캠프를 열기로 했다. 위건 근처의 비스팜 홀에서 하루종일 이루어지는 중요한 연중행사였다. 로칸이 가겠다고 한 것은 부모님 동반 행사였기 때문이었다. 아이들은 몸으로 하는 다양한 활동을 했다. 로칸은 사격은 즐겁게 참여했지만 진흙 언덕에서 썰매를 타는 활동은 거부했다.

캠프가 끝나고 모든 아이들이 수료증을 받았다. 로칸은 기쁨을 감추지 못했다.

2011년 8월, 공포의 한 학년 올라가기를 겪기 직전 우리는 커뮤니티 소아과 의사인 존 박사와 다시 한번 약속을 잡았다. 존 박사에게 언어 치료사가 우리 치료를 중단했다는 이야기를 하자 그는 상당히 화를 냈다. 그는 치료사에게 전화를 걸어 따졌다. "프로그램을 만들어놓고 정작 학생들을 책임지지 않는다면 그게 다 무슨 소용입니까?" 또한 로칸의 증상을 요약한 편지를 쓰기도 했다. "비버 스카우트에서 한 친구가 로칸을 대신해 말을 해주기도 했습니다. 마치 성경의 모세와 그의 형 아론처럼 말이죠." 그다지 종교적인 사람이 아닌 나는 처음 듣는 이야기라 나중에 성경을 찾아봐야 했다. 형 아론이 동생 모세를 대신에 대중들에게 말을 한다는 내용이었다. 그가 더 '달변가'였기 때문이다. 나는 이것이 바로 우리 아들들, 루크와 로칸의 관계를 묘사하는 이야기라는 생각도 들었다.

존 박사가 로칸이 비버 스카우트를 다녀왔음을 인정하는 것만으로도 기뻤다. 다른 의사나 전문가들은 내가 로칸을 과잉보호하여 다른 남자아이들이 하는 일을 시키지 않는 것으로 의심하기 때문이다. 사실 아이는 이렇게 여섯 살 때 비버 스카우트에 가입했고 지금도 컵 스카우트 활동을 하고 있다. 또 축구를 좋아해 하루종일 공을 찬다. 이웃집 평범한 소년들처럼 말이다.

로칸이 세 살 때 데이비드는 맨체스터 시티 시즌 티켓을 사서 아이들을 축구 경기에 데리고 가곤 했다. 맨체스터 시티와 발렌시아의 시즌 전 경기로 지금은 에티하드 경기장으로 이름이 바뀐, 당시의 시티 오브 맨체스터 경기장에서 열렸다.

피치 사이드 근처에 자리를 잡자 뒤에서 관중들의 응원과 함성 소리가 들렸다. 관중들이 열광한 이유는 바로 맨체스터에 살던 전 웰터급 챔피언인 리키 해튼이 왔기 때문이었다. 데이비드는 루크와 로칸에게 그가 누구인지 살짝 이야기해주었다. 그다음부터 루크는 축구 경기를 즐겼지만 로칸은 전반전 내내 축구는 뒷전으로 하고 그 '유명한 사람'을 쳐다보았다고 한다.

로칸은 언제나 축구에 관심은 있었는데 응원팀을 확실히 정하진 않았다. 첼시와 스토크에 관심을 보이기도 했지만 그건 단지 구단 이름이 멋있어서였다! 로칸은 축구 스티커 앨범을 갖고 있고 선수들 이름도 다 외운다. 맨체스터 시티와 맨체스터 유나이티드 셔츠도 갖고 있다. 사실 맨체스터에서는 맨체스터 유나이티드가 그리 인기가 많은 편은 아니다. 말하자면 로칸은 갈대 서포터라 할 수 있다.

로칸이 2학년 때는 목요일 저녁마다 방과후 축구 클럽에서 축구를 했다. 지난여름에는 초등학교에서 하는 여름방학 축구 교실을 다녔다. 코치는 학교 체육 선생님이기도 했고 아는 친구들도 많이 다닌다고 했다. 솔직히 많이 놀랐다. 2주 동안 거의 하루종일 하는 프로그램을 선뜻 하리라고는 미처 생각하지 못했다. 물론 아이에게는 무척 좋은 시간이었다. 잘 모르는 사람들과도 자연스럽게 어울리면서 운동도 할 수 있었으며 무엇보다 재미있다는 것이 첫번째 이유였다. 로칸은 점심 도시락을 싸가고 축구복에 축구화를 신고 가야 했는데, 로칸답게 매우 자유롭고 화려한 믹스 매치 스포츠 패션을 선보였다. 어느 날은 아일랜드 축구 양말과 잉글랜드 양말을 신고 시티 바지를 입고 유나이티드 셔츠를 입었다!

축구 교실에 다녀온 어느 날 로칸의 코에 제시가 고양이다운 애정 표현인 코 뽀뽀를 했고 그 순간이 사진으로 남은 것이다.

아이는 축구 교실을 무척 좋아했지만 혹시 몰라 9월에 새 학년이 시작되고 난 후 계속 방과후 축구 교실에 다니고 싶으냐고 물었다.

“아니, 이제 지루해.” 로칸이 대답했다.

“엄마는 네가 좋아하는 줄 알았는데.” 나는 놀라서 물었다.

“나는 그냥 축구만 하고 싶은데 다른 귀찮은 일들을 너무 많이 시켜.” 아이의 말인즉슨, 축구 경기를 하는 건 좋지만 그 전의 준비 운동이나 기술 훈련이나 체력 훈련 같은 건 하고 싶지 않다는 이야기였다. 나중에 언어 치료사는 이것도 아스퍼거의 증상일지도 모른다는 의견을 조심스럽게 내놓았다. 경기를 더 잘하기 위해서 기술을 익히고 훈련을 해야 한다는 사실을 이해하지 못할 수도 있다는 것이다. 하지만 나중에 다른 부모들과 이야기를 해보니 다른 아이들도 로칸 나이에는 다들 그랬지만 나중에야 축구의 진짜 매력를 알게 되었다고 해서 안심했다. 로칸은 여전히 집에서 축구를 즐겨 하고 내가 밖에 나가서 찾기 전까지는 해가 질 때까지 집 근처에서 공을 차고 있다.

작년에 어떤 이벤트에 참여해 맨체스터 유나이티드의 홈구장 올드 트래퍼드의 박스석에 앉은 적이 있다. 로칸은 여기저기 구경하며 선반을 뒤져보았고 그곳에 자신만이 줄 수 있는 선물도 남기고 왔다. 도착했을 때는 깨끗했던 창문에 수십 개의 더러운 손자국이 남았다.

존 박사는 편지에서 우리가 이 증상의 근본 원인을 이해하지 못하면 제대로 치료하기 힘들다고 말했다.

로칸의 불안의 원인이 언어 자체가 아니라 관심의 문제라면 충분히 긍정적인 결과를 예상할 수 있습니다.

그의 편지 덕분에 로칸은 선택적 함구증 치료 경험이 있는 새로운 언어 치료사를 만나게 되었다. 그녀는 로칸의 학교생활에 큰 도움이 되어주었다.

존 박사는 로칸이 학교생활에서 겪는 어려움을 주시하며 로칸이 특수교육을 받아야 한다고 주장했다. 특수교육 대상 아동Special Education Needs이 되면 학교는 정부에서 보조와 지원금을 받아서 아이에게 최선의 교육을 시킬 수 있다. 나는 이 제도가 초등학교에서 중등학교로 진학할 때 결정적인 도움이 될 거라 생각해 적극 찬성했다. 실은 아담이 이 시기의 부적응과 그로 인한 트라우마 때문에 십대 시절 내내 힘겨운 세월을 보냈다.

의사와 만나고 집에 오자마자 나는 트래퍼드의 교육청에 특수교육 대상 아동으로 지정되길 원한다는 편지를 썼다. 몇 주 후, 전혀 도움이 되지 않을 편지 한 통을 받았다. 그 편지는 이렇게 시작한다.

딜란Dillan 부인에게

이름 철자를 틀리게 쓴 걸 보고 시작부터 감이 안 좋았다.

우리의 특수교육 대상 아동 규약에 따르면 장애라는 의학적 진단을 받았다고 해서 반드시 특수교육을 받아야 한다고 명시되어 있지 않습니다.

다른 말로 하면, 별로 심각하지 않으니 꺼지라는 소리다. 아이 걱정에 잠 못 이루는 엄마가 이런 무신경하고 냉담한 편지를 받았다고 상상해보시길. 당연히 행복하지 않았다. 하지만 나는 여기서 그만둘 사람이 아니다. 그들은 앞으로 계속 내 편지를 받고 내 목소리를 계속 듣게 될 터였다.

7장

# 사랑한다는 그 말

제시가 집에 온 지 6개월 정도 되었던 어느 평화로운 오후, 나는 거실에서 신문을 읽고 로칸과 제시는 바닥에서 제시가 좋아하는 초록색 깃털 장난감을 갖고 놀고 있었다. 갑자기 로칸은 내가 생각지도 못한 어떤 문장을 중얼거렸다.

"사랑해, 제시." 이것이 끝이 아니었다.

"넌 나의 가장 소중한 친구야." 내 귀를 의심할 수밖에 없었다. 눈물이 흘렀다. 아이가 이런 말을 한 것은 태어나 처음이었다. 그렇기 때문에 그 말이 나를 향한 말이 아니었다 해도 전혀 상관없었다.

앞서 말했지만 로칸은 자신의 감정을 잘 표현하지 못한다. 아이는 나에게 한 번도 "엄마, 사랑해요"라고 말해준 적이 없지만 난 괜찮다. 아이는 자기만의 재기발랄한 방식으로 사랑을 표현하니까. 이를테면 나를 위해 아이패드에 게임을 받아주기도 하고 내가 차를 마시고 있으면 어느새 옆에 비스킷을 갖다놓기도 한다. 아들이 날 사랑한다는 사실을 알기에 꼭 소리로 그 말을 들어야 할 필요는 없다. 그렇다고 해도 로칸이 제시에게 그 감정을 표현을 했다는 것이 굉장히 놀라웠다.

정말 아름답고 사랑스러운 순간이었다. 수많은 감정이 나를 감싸면서 눈물이 나려 했다. 무엇보다 아이를 위해 잘된 일이었다. 인간은 본래 감정을 꽁꽁 숨겨둘 수가 없는 존재이기 때문이다. 모든 것을 안에 가두어놓으면 분명 나중에 더 큰 문제가 될 수 있다. 때로 소리를 버럭 지르고 화를 못 참아 씩씩거리더라도, 아니 차분하게 말로 하더라도 감정을 표현하는 법을 배워야 한다.

내가 또 놀란 이유는 로칸이 책을 읽을 때도 언제나 간지러운 혹은 감상적인 단어들을 빼놓고 읽거나 다른 단어로 바꾸어서 읽기 때문이기도 했다. 아이는 여자애들 이름도 유치하다고 생각했다. 또 텔레비전에서 키스 장면이 나오면 눈을 가렸다. 때로는 디즈니 캐릭터들이 하는 행동인데도 그랬다. 이런 아이인 로칸이 제시에게 사랑한다고 말했다는 건 굉장히 큰 변화가 있었다는 의미였다. 그때도 그랬고 지금까지도 이 작은 사건은 우리에게 세상 어떤 일보다 더 소중하다. 이렇게 로칸은 감정을 배워갈 수 있고 이것은 로칸의 정신 건강에 매우 중요한 것일 테다.

사람들은 가끔 로칸이 고양이에게만 사랑한다고 말하고 엄마인 나에게는 말해주지 않아 서운하지는 않은지 물어본다. 정말로 솔직하게 고백하지만, 그렇지 않다. 그저 제시가 자신의 사랑을 표현할 수 있고 정신적으로 건강하다는 사실 자체가 중요하다. 로칸은 사람들에게는 그렇게 하지 못하기 때문이다. 물론 로칸이 언젠가는 사람들에게도 그렇게 대하는 법을 배우는 것이 나의 소망이다. 때로는 백 퍼센트 진심이 아니라고 해도, 감정이나 반응을 표현하면서 살아야 더 나은 삶을 만들 수 있다는 것만큼은 배웠으면 하는 바람이다. 로칸은 일반적인 사회적 행동이나 관습에는 반응하지 않는다. 아이는 다른 사람들의 관점에서 볼 수도 없다. 하지만 제시와 있을 때는 제시의 관점으로 본다. 만약 개가 제시를 쫓다가 제시가 낑낑거리는 소리라도 내면, 분명 둘이 같이 놀고 있었는데도 로칸은 강아지 릴리를 혼쭐낸다. 로칸은 제시가 더 작고 여리기 때문에 보호받아야 한다는 것을 안다. 제시와의 특별한 관계로 인해 로칸은 자기가 아닌 다른 존재의 관점으로 세상을 볼 수 있는 법을 배웠다.

자폐 스펙트럼 장애를 가진 아이들에게 공통적으로 나타나는 성향 가운데 하나는 다른 사람의 고통이나 분노에 공감하지 못한다는 점이다. 한 번은 내가 계단에서 굴러서 넘어진 적이 있다. 크게 다친 건 아니었지만 발목이 너무 아파 계단 밑에서 한참 몸을 웅크리고 있었고 약간 소리 내어 울기도 했다.

루크와 로칸이 나와 얼마 떨어지지 않은 거실에 있었다. 루크는 바로 나에게 달려와 괜찮은지 물었다. 로칸은 자기가 있던 그 자리에서 단 한 발짝도 움직이지 않고 그대로 앉아 아이패드로 게임을 했다. 아이는 이 상황을 의식하지 못한 것이다.

이것은 아스퍼거 증후군의 증상이기도 하다. 아담도 로칸과 같은 나이에 똑같이 행동했다. 하지만 이제 아담은 누군가 다치거나 문제가 생겼을 때 어떻게 처신해야 하는지를 배워서 안다. 얼마 전 아담은 친구와 에든버러에 갔는데 친구가 갑자기 간질 발작을 일으켰다고 한다. 아담이 이 모든 상황을 책임지고 친구를 돌보고 앰뷸런스를 불렀다. 아이는 그것이 친구로서 마땅한 도리라는 것을 알았고 잘 대처했다.

사람들은 자폐 스펙트럼 장애를 가진 사람들이 감정이입을 할 수 없다고 알고 있다. 나도 그렇게 생각한다. 계단 밑에서 웅크리고 누워서 로칸이 눈 하나 깜짝 안 하는 것을 보았을 때는 솔직히 상처를 받았다. 하지만 이들이 아예 공감을 못하는 것은 아니다. 단지 표현을 못하거나 어떻게 행동해야 할지 모르는 것에 가깝다. 이런 이론이 로칸의 행동에 모두 들어맞는다.

로칸은 실수로 나를 발로 차도 웃고 넘어간다. 미안하다고 하지도 않고 내가 다쳤는지 걱정하지도 않는다. 반면 루크는 자동적으로 "엄마 미안해요. 괜찮아요?"라고 묻는다.

하지만 로칸이 제시와 있을 때는 달랐다. 로칸이 실수로 제시를 살짝 치면 바로 말한다. "미안해, 제시. 내가 정말 잘못했어." 그리고 제시를 쓰다듬고 난리를 피운다. 로칸은 오로지 고양이에게만 그렇게 행동하는 것이다. 어쩌면 이러한 반응도 형 루크나 다른 사람에게서 배웠을 수도 있지만 아직까지도 사람들에게는 표현하지 못하고 있다.

하지만 달라진 건 있다. 그 계단 사건으로 로칸이 뭔가 배운 것 같기 때문이다. 적어도 나를 얼마나 놀래킬 수 있는지는 알게 된 것이다. 오후에 2층 화장실에 있는데 쿵 하고 뭔가 부딪치는 소리가 났다. 얼른 뛰어나가 무슨 사건이 났는지 살펴보았다. 로칸이 계단 바로 옆 바닥에서 쾅 하고 넘어졌던 것이다. 나는 깜짝 놀라 로칸에게 달려가 괜찮은지 살폈다. 하지만 바로 이 때 이 악동은 씩 웃었다. 나를 놀리려고 일부러 계단 밑에서 넘어진 척한 것이다!

처음 로칸이 제시에게 사랑한다고 말한 다음, 그것은 일상적인 일이 되었다. 바닥에서 같이 놀고 있다 불쑥 말한다.

"사랑해, 제시."

그리고 제시는 어떤지 물어보고 자기가 무엇을 하고 있는지 아주 다정하게 말한다. 고양이를 쓰다듬고 가끔은 키스도 한다. 백만 년이 지나도 나에게는 키스를 할지 안 할지도 모르는데.

처음으로 사랑을 고백한 날로부터 몇 달 후, 아이와 우리 우아한 고양이 사이를 유심히 지켜보았고 로칸에게 이 관계가 얼마나 특별한지 깨닫게 되었다. 소년이 동물과 이렇게 유대감을 갖는 것을 보면 언제나 가슴이 따뜻해졌고 눈물이 핑 돌았다. 로칸은 무엇보다, 누구보다 제시가 편한 것이다. 어쩌면 사람과는 그런 식의 편안함을 느끼지 못했을 수도 있다. 로칸은 제시에게 무척 헌신적이었다. 제시는 언제나 때에 맞춰 울어주고 로칸과 로칸의 장난감에 머리를 비빈다. 제시는 로칸이 학교에서 돌아올 때 가장 먼저 나가 맞이해주고 때로는 자기 코를 로칸의 코에 문지르기도 한다.

로칸은 화가 나도 제시와 함께 있으며 위안을 얻었다. 가끔 우울할 때 이렇게 말하곤 한다. "제시 어딨어?" 그리고 제시를 찾은 다음 꼭 안아준다. 슬퍼도, 문제가 생겨도 그렇게 한다. 로칸은 웃음에는 쉽게 동화되지만 누군가 화를 내면 혼란스러워한다. 내가 약간만 엄한 목소리로 말하면 소리를 지른다고 생각한다. 제시가 로칸에게 조금 더 확실하게 소리로 반응해주기 때문에 개를 키울 때보다 더 감동하는 것이 아닌가 싶다. 아마도 그래서 로칸이 릴리와 제시에게 다르게 반응하는 것일 수 있다.

제시가 집에 온 이후 어느 여름날, 아담은 큰 수술을 받게 되었다. 퇴원 후 집에서 조용히 쉬면서 회복할 수 있도록 데이비드가 루크와 로칸을 데리고 시댁이 있는 아일랜드에 주말을 보내러 갔다. 남편이 루크만 데리고 간 적은 있지만 둘 다 데리고 간 것은 처음이었다. 다행히 이번에는 페리에서 소리를 지르지도 않았고 얌전히 행동했다고 한다. 확실히 옆에 루크가 있으면 큰 도움이 된다. 또 로칸은 아일랜드의 친가 쪽 친척들을 점점 더 편하게 대하고 있었다. 직접 대화를 나누지는 않았지만 그들 앞에서 재잘거리며 이야기할 수는 있었고 충분히 즐거운 시간을 보냈다고 한다.

데이비드와 아이들은 얼마 전에 아기를 낳은 여동생 메리 루이즈 집에 갔다. 잠시 한눈판 사이 로칸이 사라졌다. 알고 보니 로칸은 예쁘게 꾸며놓은 아기방에 가서 물건들을 구경하고 장난감도 만져보면서 혼자 꼼지락꼼지락 잘 놀고 있었다.

사실 로칸과 며칠이나 떨어져 보낸 것은 이번이 처음이라 내내 불안했다. 로칸이 집에 돌아온 걸 보고서야 마음이 놓였다. 루크는 나를 꽉 안아주었지만 로칸은 동물들부터 챙겼다.

"안녕, 제시! 안녕, 릴리!" 제시를 안아들고 쓰다듬어주고 나서야 나를 발견하고 씩 웃어보였다.

남은 여름방학은 가족들과 가까운 곳에 놀러 다니기로 했다. 8월의 날씨 좋은 날, 아이들을 데리고 블랙풀 동물원에 갔다. 로칸은 모든 동물들을 좋아했지만 그중에서도 어떤 바다 생물에 특별한 느낌을 갖는 듯했다.

로칸은 창문을 통해 뚫어질 듯 물개를 바라보고 있었다. 그러자 매끈하고 아름다운 물개 한 마리가 창문 곁으로 다가왔다. 로칸과 물개는 아주 오랫동안 서로의 눈을 마주보고 있었다. 아이는 너무나도 황홀한 표정이었고 그런 얼굴을 보는 것만으로도 나는 참 기뻤다. 아이의 얼굴에 우리가 이제까지 한 번도 보지 못했던 것 같은, 크고 환한 미소가 피어올랐다.

런던 여행길에서 다스 베이더(스타워즈 캐릭터다. 혹시라도 모르는 분을 위해!) 복장을 한 사람을 만났다. 루크는 광선검을 들고 포즈를 취한 후 그와 사진을 찍었다. 분장한 사람과 사진 찍기를 거부하던 로칸은 재빨리 다가가더니 광선검을 잡아채

다스 베이더와 칼싸움을 시도했다. 그 불쌍한 남자는 로칸에게 당하는 척해주었다. 로칸 혼자 즐거운 시간을 보냈다.

스티븐스 씨가 5학년 선생님으로 갔다는 소식을 듣고부터 여름 내내 로칸의 2학년 생활에 대한 걱정이 마음 가득 자리잡고 있었다. 하지만 걱정할 필요가 없었다. 새로운 2학년 담임 선생님 카바잘 씨는 더없이 훌륭한 교사였다. 선생님은 일주일에 세 번 로칸과 일대일로, 다른 몇 명의 학생들과 공부를 하기로 했다. 카바잘 선생님은 이 프로그램에 진심을 다했고 로칸은 눈에 띄게 성장했다. 동시에 언어 치료사는 나, 학교 교사와 정기적인 만남을 가졌다. 궁금한 것이 있을 때 연락하면 바로 답을 주어서 큰 도움이 되기도 했다. 사실 로칸의 언어 능력이 빠르게 향상되면서 프로그램의 몇 단계는 건너뛰기도 했으니 경사나 마찬가지였다.

나는 로칸이 자폐라고도 생각해왔기에 — 몇 년 동안 지켜보며 점점 확고해졌다 — 존 박사는 나를 소아 청소년 정신 건강 서비스CAMHS, Child and Adolescent Mental Health Services에 추천해주었고 그곳에서 여러 서류를 받았다. 자폐 증상 리스트와 아이의 특성을 체크하는 칸이 있었다. 도움을 받을 수 있는 기회를 최대한 높이려면 어디에 체크해야 하는지 알고 있었지만 그렇다고 시스템을 속이고 싶지는 않았기에 가능한 정직하게 답변했다. 그러자 그들은 우리 아들을 볼 필요가 없겠다며 즉시 '사건 종결'을 했다.

열이 잔뜩 오른 나는 왜 로칸을 꼭 만나보아야 하는지에 관한 아주 길고 자세하고 전문적 소견이 들어간 편지를 썼다. 아이는 심각한 불안 장애로 고통을 받고 있다. 선택적 함구증으로 인해 불편한 학교생활을 한다. 또한 이 아이에게는 아스퍼거 증후군이 있는 형이 있다. 편지는 자그마치 네 장이었다. 나는 아주 꼼꼼하게 조사했고 선택적 함구증과 자폐와의 관련성에 관한 최근 연구 결과를 첨부했다.

> 크레이그에 따르면(1993) '언어 장애(선택적 함구증)를 갖고 있는 아동은 보통 사회성 결여 증세도 보이고 있다.' 포드와 그 외의 학자들은(1998) '선택적 함구증을 가진 아동은 대인 상호작용, 사회성/감정 발달, 학교 성적에 문제가 있을 수도 있다'고 밝혔다.

나는 다른 아이들 앞에서 말을 하지 못하는 것이 학습이나 사회생활 면에서 얼마나 해로운 영향을 미치는지 지적했다. 그리고 마지막에 한번 더 최근 연구 결과를 인용했다.

> 선택적 함구증과 그에 관한 치료에 대한 지식이 풍부한 전문가들이 꼭 필요하며 특히 CAMHS에는 관련 심리학자들이 있어야 한다. (Roe, 2011)

10월에 CAMHS로부터 다음 달에 약속을 잡자는 내용이 편지를 받았다. 만나기로 한 임상심리학자는 내가 상담실에 들어가자마자 나를 위아래로 슬쩍 훑어보고 이렇게 말했다.

"이 편지 남편 분께서 쓰신 거겠죠?"

이렇게 무례할 수가! "아니요. 당연히 제가 썼는데요."

어쨌건 그는 좋은 사람이었고 로칸에게 아스퍼거 증상이 보인다는 점을 인정하고 신경 발달 진로Neuro-Development Pathway의 대기자 명단에 로칸의 이름을 올려주었다. '신경 발달 진로'는 새로 도입된 것으로, 자폐 스펙트럼 장애로 의심되는 아이들을 위해 소아과 의사, 언어 치료사, 정신과 의사, 심리학자가 모두 아이에게 집중하면서 최선의 교육 방법을 찾아보는 시스템이다.

앞서 말했지만 선택적 함구증을 제대로 깊이 있게 연구한 전문가들은 극소수이고 — 아예 모르는 경우도 다반사다 — 일반의인 남편도 역시 잘 몰랐다. 실제로 아들 로칸의 문제를 맞닥뜨린 후에도 남편은 이 증후군에 대해 처음 들어본다고 말했다. 그러던 중 선택적 함구증 정보연구위원회의 홈페이지에 올라와 있는 올드햄 근처의 교육 기관이 시선을 끌었다. 언어 치료사이자 선택적 함구증의 전문가로 이 증상에 대한 교과서라고 할 수 있는 책을 집필한 매기 존슨이 운영하는 기관이었다. 그녀는 이미 70년대부터 이 증상을 가진 아이들을 치료해왔으며, 지금도 전국에서 세미나를 열고 강의를 하고 있다.

당연히 나도 등록하고 교육을 받고 싶었지만 수강료가 꽤 비쌌다. 그래서 의사인 데이비드가 가서 배우는 것이 낫겠다는 결정을 내렸다. 앞으로 언제라도 이와 같은 문제를 가진 환자를 만날 수도 있기 때문이다.

강의는 아침부터 저녁까지 이어졌고 남편은 선택적 함구증에 대해 많은 정보를 얻을 수 있었다. 강의중엔 질문과 답변 시간도 있었고, 여러 유용한 자료를 가져왔다.

신기하게도 지금 이 책을 쓰고 있는 지금, 남편은 이런 증상을 가진 환자를 만나고 있다. 그 아이의 엄마가 나에게 전화를 해서 한참이나 이야기를 나누기도 했다. 하지만 나는 아무에게도 말하지 못하고 누구에게도 인정받지도 못한 채 이 증상으로 고통받고 있는 사람들이 얼마나 더 많을까 하고 생각하게 되었다.

2012년 4월, 로칸은 교육심리학자를 만났다. 흥미롭게도, 아주 작은 귓속말이긴 했지만 로칸은 그녀에게는 말을 했다. 그녀의 질문에 엉뚱한 대답을 하기도 했다. 처음에는 안절부절못하기도 했지만 그녀가 종이를 주며 낙서하며 놀라고 하자 조금씩 안정을 찾았다.

그녀가 로칸에게 말을 시키자 로칸은 계속 그녀의 가방을 쳐다보기만 했다. 하지만 그녀가 로칸에게 자기를 좋아하느냐고 묻자 전혀 좋아하지 않는다고 확실하게 대답했다. 마치 버터라도 녹일 정도로 상냥한 미소를 계속 머금고서는 말이다.

그녀는 로칸이 학습적인 면에서는 거의 문제가 없다고 말해주었다. 하지만 아스퍼거 증후군을 가진 사람들은 학교에서 들은 말을 전혀 다르게 해석하거나 시험 문제를 이해하지 못할 때도 있다고 했다. 아직 초등학교에서는 잘 드러나지 않을 뿐 고학년으로 올라갈수록 문제가 되고 특히 중등 교육 자격시험GCSE이나 입시시험인 A-레벨 시험을 볼 때 어려움을 겪을 수 있다는 것이다.

크리스마스 휴가가 끝나갈 무렵 이상하게 로칸이 화도 자주 내고 초조해했다. 그리고 나에게 자꾸 물어보았다.

"개학까지 며칠 남았어요?" 그리고 이런 말도 했다. "나 학교 가기 싫어요." 전혀 로칸답지 않은 말이었다.

질문은 이렇게 바뀌었다. "수요일까지 며칠 남았어요?"

하지만 우리가 아무리 속마음을 캐내려고 애를 써도 아이는 뭐가 문제인지 털어놓지 않았다.

며칠 동안 아이가 문제를 설명할 수 있게 하려고 온갖 방법을 동원했지만 소용없었다. 그런데 개학 바로 전날 아이가 갑자기 눈물을 뚝뚝 흘리며 말했다.

"엄마, 나 학교 가기 싫어. 수영하기 싫단 말이야!"

수영 수업은 원래 3학년 때부터 시작하지만, 로칸은 달력이 바뀌고 새해가 되었으므로 크리스마스 휴가가 끝나면 한 학년이 올라가는 줄 알고 그랬던 것이다. 앞으로 한 학기를 더 다니고 긴 여름방학이 끝난 다음에야 수영을 시작하니 걱정하지 말라고 말해주었다. 그러자 로칸은 조금 안심하는 것 같았다. 하지만 내 말을 완전히 이해하지는 못했는지 부활절 방학 때 아이는 또 한번 비슷한 스트레스를 받았다.

이런 것도 걱정되는 부분 중 하나이다. 만약 아이가 가족들이 충분히 쉽게 설명해주었다고 생각한 것조차 이해하지 못한다면 앞으로 또 어떤 것을 이해하지 못할까?

로칸의 수면 문제도 한참을 계속됐다. 로칸은 일곱 살이 되어서야 자기 방에서 혼자 잘 수 있게 됐고, 밤에도 깨지 않고 쭉 잘 수 있게 되었다. 여전히 침대 주변에 원숭이 인형들을 경비대처럼 늘어놓고 잠을 잔다. 물론 이제는 그의 방 창문턱에서 잠을 청하는 제시가 있다. 참 예쁜 모습이고 아이가 밤에 알아서 혼자 침대에 가는 데 큰 도움이 되었지만 문제는 아침이었다. 대부분의 고양이처럼 제시는 아침형이라서 동이 트자마자 로칸의 침대 위로 뛰어올라가 밥을 달라고 울어댔다. 그래도 로칸은 고양이와 같은 방에서 자고 싶어했다.

로칸이 루크의 방에서 잘 때 사용하는 공기 주입식 침대에 고양이가 유달리 관심을 보였다. 결국 펑크를 내버려 하나를 더 사야 했다.

제시는 로칸에게 동화책 읽어주는 시간에 자기도 끼고 싶어한다. 고양이가 이해하지 못한다는 건 알지만 정말로 듣고 있는 듯한 표정이라 로칸과 나는 얼마 전부터 『해리 포터』 시리즈를 읽기 시작했다. 로칸이 한 문단을 읽으면 내가 그다음 문단을 읽는 식이다. 루크에게 읽어줄 때보다 로칸에게 읽어줄 때 훨씬 많은 시간이 걸리는데, 로칸이 중간에 끼어들어 해리의 친구이자 동료 마법사인 헤르미온느 그레인저가 그런 일로 화내다니 멍청하다는 둥 평을 하기 때문이다. 또 웃기다고 생각하는 장면이 나오면 미친 듯이 배꼽을 잡고 웃어대서 시간이 더 걸리기도 했다. 이를테면 페투니아 이모가 자기 아들인 두들리 더즐리를 애칭인 '딘키 더디덤스'라고 부르는 장면은 그냥 넘어가질 못했다. 이런 책은 아빠에게는 읽어주지 말라고 한다. "아빠는 엄마처럼 웃긴 목소리로 못 읽잖아요!"

로칸에게 너무 과장된 목소리로 책을 읽어주는 건 아니었나 스스로 걱정이 되기도 했다. 지난주에 로칸이 나에게 자신의 책 『보물섬의 파이브Five on a Treasure Island』를 세상에서 가장 이상한 목소리로 읽기 시작했다. 각각의 캐릭터마다 다른 목소리로 연기하고 앤이란 주인공 이름도 바꾸겠다고 했다.

"이제부터 애니라고 부를 거야."

아이는 목소리를 흉내내는 것에 재주가 있다. 한 편의 드라마 같은 독서를 끝내고 나면 로칸은 나를 한 번 쳐다보고, 우리는 웃음을 터뜨린다!

잘 자라고 인사하면 아이는 말한다. "내일도 내가 웃긴 목소리로 읽어줘도 돼요?"

특히 요즘엔 로칸이 숙제를 하기 싫어하는 문제로 고민이었기에 이런 말을 들으면 마음이 풀렸다. 로칸은 공부가 어려우면 혼자 씩씩거리곤 했다. 혹시 학교 공부가 어려운 건 아닌지, 다른 아이들에 비해 뒤처지는 건 아닌지 늘 걱정이었다. 그러나 이제는 이렇게 웃긴 목소리로 책은 읽을 수 있으니 교과서도 조금 더 쉽게 대할 수 있을지도 모른다. 하지만 숙제마저 즐겁게 할 날이 올지는 모르겠다.

지금 로칸의 말하기 능력은 평범한 수준이라고 한다. 물론 이 평범한 수준이 내가 원하는 수준은 아니지만 말이다. 하지만 아이에게 공부를 강요하거나 과외를 시키고 싶지는 않다. 어떤 식으로건 부담을 안겨주지는 않을 것이다. 지금으로선 아이가 읽고 쓰고 숫자 계산을 하는 정도만 배울 수 있으면 충분하다.

로칸이 책 읽어주는 것을 좋아하기에 책 읽는 목소리를 녹음해 학교 선생님에게 들려준 적이 있다. 하지만 선생님들은 아이가 특정 단어의 뜻을 정확히 이해하는지에 관심을 가졌다. 그게 학교에서 성적을 매기는 방식이지만 나는 그런 방식은 신경쓰지 않으려 한다. 그저 아이가 보통 수준으로 글을 읽을 수 있으면 된다.

로칸은 집에서 책 읽는 건 얼마든지 하려 하지만 학교 숙제는 하지 않으려 한다. 루크도 숙제를 싫어했지만 이 정도는 아니었다. 이틀 전부터 하기 싫다고 징징거리고 몸을 꼬고 별 짓을 다 하지만 결국엔 하긴 한다. 로칸은 연필 한 번 들 생각을 하지 않는다. 여름방학 내내 연필을 손에 잡지 않았고 어떤 수를 써도 숙제를 시킬 수가 없었다.

로칸은 해리 포터 이야기에 완전히 빠졌다. 얼마 전에는 학교에서 돌아온 로칸의 손바닥에 펜으로 "절대 거짓말은 안 돼"라고 쓰여 있었다. 『해리 포터와 불사조 기사단』에서 해리의 손에 '피의 깃펜'으로 쓰여 있던 말이었다. 이것은 곧 아이가 집중해서 책을 읽었다는 뜻이다. 그러나 항상 그렇지는 않다. 책을 읽어줄 때 제시를 이불 속에 숨기고 발가락으로 간질이거나 엉뚱한 소리를 내면서 장난칠 때도 많다. 아이는 오랫동안 같은 자세로 앉아 있기를 힘들어 한다. 요즘에는 책을 읽을 때 작은 인형이나 내 보석 상자에서 꺼낸 액세서리를 갖고 논다. 물론 이렇게 되면 책 읽는 시간은 한없이 늘어진다.

형 루크가 먼저 해리 포터를 워낙 좋아했기에 동생인 로칸도 자연스레 좋아하게 됐다. 로칸은 〈해리 포터〉 영화 전편을 보고 또 보았다. 우리는 5월 루크의 생일에는 아이들을 스튜디오 체험에 데려갔다. 로칸은 커다란 스파이더, 아라고그, 집 요정 도비를 좋아했는데 그중에서도 해그리드의 모터사이클을 제일 마음에 들어해 루크와 함께 그 위에 앉기도 했다.

같은 달 우리는 런던 북부에 사는 데이비드의 형 마크와 형님인 아가, 딸 한나를 만나러 갔다. 데이비드의 부모님과 누나 스테파니와 동생 마리 루이즈도 딸 아인과 와 있었기에 그날 하루를 온전히 시댁 가족들과 지냈다. 로칸은 그즈음 학교에서는 말을 잘하고 있었기에 친척들 앞에서 어떻게 행동할지 기대가

됐다.

데이비드의 가족과 아가의 친정어머니도 오셔서 화창한 일요일, 다 같이 정원에서 식사를 했다. 이제 두 살이 되어가는 두 조카딸들은 귀엽기 그지없었다. 로칸은 두 꼬마 사촌들이 노는 모습을 흐뭇하게 지켜보고 있었다.

중간에 거실을 가로질러 가고 있었는데 로칸의 친할머니가 로칸에게 말을 거는 소리가 들렸다. 할머니는 로칸에게 오늘 재미있냐고, 그냥 고개만 끄덕일 거라 기대하면서 물었다. 그때 아이의 목소리를 듣고 깜짝 놀라 걸음을 멈추었다.

"네!" 아주 작은 소리였지만 분명 들렸다! 로칸은 조금씩 나아지고 있었다!

SWORN
ENEMY

8장

# 스타 탄생

2012년 5월의 어느 날 밤, 잠이 오질 않아 계속 뒤척이다가 포기하고 일어나서 컴퓨터를 켜고 인터넷을 했다. SNS를 무척 좋아하기 때문에 트위터와 페이스북을 번갈아가며 클릭하고 있었다. 그러다 고양이 자선 단체인 스크래칭 포스트scratchingpost.co.uk라는 사이트에 들어가게 되었는데, 한 광고가 눈에 들어왔다.

자선 단체인 '캣츠 프로텍션cats.org.uk' — 1998년까지는 캣 프로텍션 리그로 알려져 있었다 — 이 올해의 고양이 상 후보를 찾고 있다고 했다. 다섯 개 분야가 있는데 그중 하나는 영웅적인 행동이건 일상적인 행동에서건 주인이나 다른 사람을 도와준 고양이들을 찾는다고 했다. '베스트 프렌즈'라는 항목을 보자마자 바로 제시와 로칸의 관계가 떠올라 이메일을 보냈다. 아들 로칸이 선택적 함구증이 있는데 고양이 제시가 많은 도움이 되었다는 짧은 이야기였다.

제시는 이미 미모 선발 대회 우승자였다. 11월에는 '트리트 포 캣츠Treats for Cats'라는 페이스북 페이지에서 연, 고양이 사료 브랜드인 드리미스Dreamies에서 주최한 예쁜 고양이 선발 대회에서 수많은 표를 받고 '드리미스 대표Dreamies Deputy'로 뽑힌 적이 있다. 그 상으로 액자에 넣은 사진과 고양이 장난감 한 박스와 다양한 간식을 받았다. 또 제시의 사진은 2012년 달력에 실리기도 했다.

하지만 이번 대회는 달력 모델과는 수준이 다르다고 할 수 있었다. 다음날 다른 참가자들의 신청서를 읽었다. 대단한 고양이들에 대한 진기하고 가슴 찡한 사연이 이어졌다. 도둑을 쫓아낸 고양이도 있었고 당뇨 때문에 쓰러진 주인을 구해준 고양이도 있었으며 영화에 출연하게 된 외눈박이 고양이도 있었다. 제시는 이런 환상적인 고양이들과는 상대가 안 될 것 같았다. 또 캣츠 프로텍션은 족보가 있는 고양이보다는 일반 고양이를 선호할 것이라는 생각이 들었다.

그런데 몇 주 후, 캣츠 프로텍션 담당자에게 전화가 왔다. 우리 이야기가 무척 마음에 든다면서 더 자세히 들려달라는 것이었다. 또 제시가 최종 후보에 오르면 심사위원들 앞에 나가야 한다고 했다. 그녀는 내게 '약간의 유명세'를 준비할 수 있냐고 물었다.

"네. 괜찮습니다." 그 말이 무슨 뜻인지 생각하고 말 것도 없이 바로 대답했다.

"만약 제시가 상을 탄다면 런던에 상을 받으러 오실 수 있나요?" 그녀가 물었다.

"그럼요. 가야죠." 나는 당연하다는 듯이 대답했다. 그러면서도 계속 우리 고양이가 결승까지 가는 건 천분의 일의 확률일 거라고 생각하고 있었다.

그 이후 우리는 며칠 동안 앵글시 섬영국 웨일스의 북서쪽에 있는 전원적인 섬에 가족 여행을 가서 즐거운 시간을 보내느라 상이니 대회니 모두 잊고 있었다. 집에 와서 메일함을 열어보니 이메일이 한 통 와 있었다. 그동안 계속 나와 연락을 취하려고 했는데 되지 않았다고 했다. 그리고 제시가 결승에 진출했다고 했다!

솔직히 전혀 기대하지 않았기 때문에 놀라긴 했지만 분명 기쁜 소식이었다.

자선 단체는 언론사와 방송에 연락을 했고 얼마 후 사진작가가 와서 사진을 찍고 방송 카메라로 로칸과 고양이가 생활하는 모습과 나와의 인터뷰를 찍어 사이트에 올리기로 했다. 방송 녹화 날짜는 6월 27일 수요일로 잡았고, 사진작가에게 전화를 하니 그가 수요일에는 시간이 안 된다고 해서 사진촬영은 금요일로 옮겼다.

정신을 어디다 둔 건지 이메일을 꼼꼼히 읽지 않았던 것 같다. 전화로 모든 일정을 금요일로 미루었다고 생각해서 수요일 오전에 슈퍼마켓에 갔다가 식탁 의자 커버를 만들 재료를 샀다. 집에 와서 커튼을 달고 의자 커버를 만들기 위해 천을 막

자르려다가 배가 고파 샌드위치를 만들고 있었다.

그때 커다란 자동차가 우리 집 앞에 주차를 하는 것을 발견했다. 하지만 별로 신경쓰지 않고 샌드위치를 만들고 이메일을 확인하려고 컴퓨터를 켰다. 그 순간 '촬영'팀 중 한 명이 집 앞에 나타났는데, 정말 기절하는 줄 알았다. 촬영팀은 이제까지 계속 기다렸다고 했고 나는 30분 안에 어지러워진 집을 치우고 로칸을 학교에서 데려오고 단장을 마쳐야 했다.

얼른 달려 나가서 금요일인 줄 착각했다고, 죄송하다고 말했다. 다행히 친절한 분들이라 서두를 필요가 없다고 말했지만 나는 완전히 패닉 상태였다. 돌아보면 그렇게 정신없이 서둘렀던 것이 오히려 잘된 일 같기도 하다. 청소기를 돌리고 쇼핑백들을 수납장에 던져 넣고 제시를 찾고 립스틱을 바르고 난리를 피우느라 긴장할 틈이 없었던 것이다.

로칸과 제시는 무척 즐겁게 촬영했다. 촬영팀이 아이들에게 줄 과자와 사탕을 준비해 온 것도 도움이 되었다. 제시는 계속 살금살금 돌아다니고 카메라에 코를 대고 킁킁거리고 머리를 장비에 비벼대곤 했다. 로칸은 말을 하지는 않았지만 시종일관 웃는 얼굴이었고 제시를 마음껏 자랑할 수 있어서 마냥 신난 눈치였다.

로칸은 언제나처럼 처음 보는 신기한 장비들에 매료되어 기계를 살펴보고 만져보았다. 친절한 카메라맨은 로칸이 카메라를 켰다 껐다 하게 해주었다. 또 그는 로칸에게 내가 인터뷰를 잘하면 엄지손가락을 번쩍 들어주라고 말하기도 했다. 아이는 무척 좋아했다.

이틀 후인 금요일엔 사진작가가 왔다. 제시는 멋지게 포즈를 취했고 로칸도 활짝 웃어보였다. 로칸은 이 모든 경험이 신기하고 재미있는 모양이었다. 로칸이 갑자기 카메라 렌즈를 집어 드는 바람에 사진작가가 심장이 떨어질 듯 놀라긴 했지만.

"그거 드려, 로칸." 내가 말했다. "아마 그거 5천 파운드보다 비쌀걸." 얼굴이 창백해졌던 사진작가는 카메라를 조심스럽게 받아들더니 안전하게 보관했다.

7월에 ITV 그라나다(예전 이름은 그라나다 텔레비전이다)에서도 언론 보도를 보고 우리를 촬영하고 싶다고 했다. 이때는 겁이 벌컥 났다. 캣츠 프로텍션 촬영만으로도 충분히 스트레스 받았는데 우리 가족 모두가 텔레비전에 나온다고? 친구와 이웃들이 다 보게 될 게 아닌가.

한편으로는 걱정이 되어 불안했지만 그래도 하겠다고 했다. 그라나다의 대표 사회자이며 우리와 함께 촬영하게 될 폴 크론의 전화를 받았다. 폴은 1984년부터 그라나다에서 일했고 20년 동안 그 회사에서 가장 유명한 방송인이었다. 그는 여러 가지 자선 방송으로 50만 파운드 이상을 모금하기도 했다.

폴이 와서 로칸이 불안해할까봐 걱정했지만 기우였다. 로칸은 예상보다 훨씬 더 자유롭고 활동적인 시간을 보냈다. 폴은 아이들과 굉장히 잘 지내서 로칸을 편하게 대했고, 로칸은 직접은 아니라도 그 앞에서 말을 할 수 있었다. 또 로칸은 폴에게 직접 말을 걸지는 않았지만 카메라 움직이는 것을 도와주기도 하고 우리도 모르게 폴의 열쇠고리를 살짝 숨기기도 했다.

로칸이 제시를 쓰다듬고 바닥에서 같이 노는 장면을 촬영했다. 폴은 로칸의 발을 간지럽혀서 데굴데굴 구르며 웃게 만들더니 발냄새가 지독하다며 놀리기도 했다. 폴이 축구광 로칸과 우리 집 정원에서 공을 차며 놀아주기도 했다. 폴이 로칸에게 "공을 나한테 차봐"라고 말하면 로칸은 그렇게 했다. 공은 아주 정확하게 그의 머리에 맞았다. 두 번이나!

시상식 전인 월요일에는 BBC 라디오 맨체스터의 베키 원트 쇼에서 인터뷰를 했다. 물론 고양이도 데리고 갔지만 공연할 마음은 아니었는지 마이크에 대고 야옹거리지는 않았다. 로칸도 말은 하지 않았지만 나에게 재미있는 표정을 지어 인터뷰 중에 날 웃게 만들었고 의자를 시끄럽게 끌기도 했으니 적어도 그의 방송 출연은 입증한 셈이다.

'올해의 고양이 상' 시상식은 8월 16일 런던의 사보이 호텔에서 열린다고 했다. 대망의 그날 로칸과 나는 새벽같이 일어나 준비를 했다. 루크도 따라 가고 싶어하는 것 같았지만 이번 시상식은 오직 동생이 주인공이 되어야 한다는 것을 아는 속깊은 아이였기에 가고 싶다는 말조차 꺼내지 않았다. 그래도 나는 다음날 둘 다 텔레비전 스튜디오로 데려갔고 루크는 카메라 앞에서 단

독으로 인터뷰를 할 기회도 갖게 되었다.

우리는 맨체스터 피커딜리에서 예약해둔 9시 기차 티켓을 발부받고 기다렸다. 모든 것이 제시간에 진행되었다. 로칸이 이 여행의 모든 순간에 집중할 수 있도록 아이패드는 내가 갖고 있었다. 런던에 도착해 사보이 호텔에서 식사하고 싶었지만, 로칸이 음식을 가리는 편이라 손도 대지 않을 것을 알고 유스턴 역에서 햄버거를 사준 다음 곧바로 택시를 잡아타고 호텔로 갔다. 우리는 낮 12시 30분에 정확히 도착했다.

고풍스럽고 호화로운 호텔이었다. 템스 강 방면 입구로 들어오라는 안내를 받아 헷갈리지 않았다. 담당자가 우리를 맞아주고 프로그램을 준 후 2층으로 가서 배지를 받으라고 했다. 우리는 자줏빛과 크림색 벽에 금색 샹들리에가 달린, 폭신하고 두꺼운 카펫이 깔린 우아한 리셉션 룸으로 안내되었다. 이미 사람들이 모여 이야기를 나누고 있었고 웨이터들은 샴페인과 와인이 든 쟁반을 들고 분주히 고객들 사이를 오갔다.

한쪽에 커다란 게시판이 있었다. "후보들 만나는 곳"이라는 큰 글씨 밑에는 고양이와 고양이 주인들의 확대 사진이 걸려 있었다. 로칸은 짤막한 설명이 붙어 있는 제시 사진을 보더니 활짝 웃었다. 캣츠 프로텍션의 회장인 피터 헵번이 우리에게 다가와 말을 붙였고 다른 고양이 주인들에게도 다가갔다.

처음 이 대회 광고를 실었던 사이트 스트레칭 포스트의 운영자인 여성분들도 많았다. 매우 친절하고 정감 어린 사람들이었다. 사진작가들이 돌아다니며 사람들의 사진을 찍었고 로칸은 까불거리며 돌아다니다 커튼 뒤에 숨어서 얼굴만 쏙 내밀고 사람들을 훔쳐봤다.

30분 정도 인사를 나눈 다음 1층의 커다란 홀로 들어갔다. 흰 테이블보 위에는 은색 식기들이 놓여 있었고 맨 앞에 무대가 있었다. 매우 화려하고 웅장한 연회장이었다. 로칸은 로칸답게 이 모든 것을 무덤덤하게 보았고 별로 감격한 기색은 아니었다. 만약 루크였다면 흥분을 감추지 못했을 것이다. 나도 굉장히 특별한 행사라고 느끼고 있었다. 고급스러운 3코스 디너가 나왔다. 로칸은 손을 대지 않다가 디저트인 아이스크림만 먹었다.

우리 테이블에 앉은 사람들 중 아는 사람은 없었지만 어느새 자연스럽게 이런저런 이야기들을 나누게 되었다. 그중 한 친절한 남성은 우리에게 이렇게 말하기도 했다.

"아무래도 어머니와 아드님이 상을 타실 것 같은데요."

물론 난 이렇게 대답했다. "그거야 모르죠 뭐."

그리고 그 남자는 로칸을 보더니 물었다. "지금 뭐 마시는 거야?"

아주, 아주 작은 목소리로 속삭이듯 로칸이 대답했다.

"사과 주스요."

로칸은 이 남자를 생전 처음 보았다. 그런데 이 사람에게 지금 대답을 하고 있었다.

보통은 배시시 웃으면서 침묵으로 일관했을 것인데 말이다. 로칸의 목소리를 들을 수 있어 난 기분이 좋아졌지만, 갑자기 떨리고 걱정이 되기 시작했다. '수상 소감을 말해야 하나? 준비를 하나도 못했는데.'

솔직히 말해서 걱정 때문에 행사에 하나도 집중하지 못했다. 무대 위로 올라갈지도 모른다니 생각만 해도 속이 메슥거렸다. 앞에 나가서 말을 해야 하는 것은 큰 스트레스였다.

발표자와 시상자 중에는 코미디언 에드 번과 뉴스 캐스터 잰 리밍과 모델 루시 핀더가 있었고 행사 진행자는 앨런 데디코트였다. 그는 〈스트릭틀리 컴 댄싱〉과 〈내셔널 로터리The National Lottery〉의 성우로, 얼굴은 낯설었지만 목소리는 굉장히 익숙했다.

첫번째 수상자를 발표할 분야는 우리가 속한 '베스트 프렌즈'였다. 앨런은 이번 상은 "주인과 놀라운 유대 관계를 보여준 동물들을 위한" 상이라고 발표했다.

앨런은 말을 이었다. "고양이들은 사람들을 돕는 놀라운 능력이 있지요. 사람들의 자신감을 북돋워주기도 하고 병에서 회복되게 해주기도 하고, 때로는 견딜 수 없는 외로움과 우울증을 달래주기도 합니다."

그가 소개한 릭 웨이크만이 무대로 올라와 수상자에 대해서 말하기 시작했다. 그 이야기를 들으며 나는 생각했다. '아, 우리일 수도 있겠구나.' 발표하는 순간 가슴이 심하게 떨려왔다.

"신사 숙녀 여러분. 수상자는 제시입니다."

제시의 사진이 커다란 스크린에 뜨면서 관중석의 고양이 애호가들 사이에서 '아' 하는 탄성이 터졌다. 릭은 제시에 대해 더 자세히 설명했다. 이 작은 존재가 우리 인생에 미친 영향을 이야기하는 그의 묘사는 아주 정확했다.

"후보에 오른 모든 고양이들이 주인에게 큰 도움이 되었습니다만 저에게는 제시가 1등입니다." 그가 설명했다.

"제시와 로칸의 관계는 정말로 특별했고 제시는 로칸의 가정과 학교생활에 굉장히 긍정적인 영향을 주었어요. 제시는 평소 의사소통과 감정 표현을 힘들어하던 로칸이 그것들을 할 수 있게 했습니다."

로칸은 매우 침착하게 반응했다. 번쩍 일어나 쿵쿵 뛰지도, 소리도 내지 않았다. 그냥 일어나서 가방을 그대로 메고 나를 따라 무대로 올라왔다. 왜 가방을 계속 메고 있으려고 했는지는 모르겠지만 말이다. 마치 인형을 안고 있는 것처럼 낯선 상황에서 조금이라도 안전하게 느끼고 싶었을 수도 있고 아니면 상을 받자마자 집으로 바로 가고 싶어서였을 수도 있다.

무대로 올라갈 때 다리가 후들후들 떨렸다. 반면 로칸은 아무렇지도 않은 것 같았다. 릭은 무거운 유리 트로피를 건네주었다. 나는 말했다. "무언가 소감을 말해야 하나요?"

"아닙니다. 괜찮습니다." 그가 웃으며 대답하자 조금 마음이 놓였다. 반드시 수상 소감을 말할 필요가 없다고 하니 그제야 안심이 되었다. 로칸은 상당히 들떠 있는 것 같았다. 우리는 릭과 함께 사진도 찍었다. 로칸은 가방을 멘 채로 모든 사람들에게 밝게 웃어주었다.

테이블로 돌아오고 난 후 루시 핀더가 '용감한 고양이 상'을 시상했고 당뇨병 환자인 주인이 새벽에 쓰러지자 비상 알람을 울린 찰리라는 고양이에게 이 상이 돌아갔다. 에드 번은 개의 공격에 다리를 잃고도 살아남은 고양이에게 '놀라운 이야기 상'을 주었다. '구조 고양이 상'은 어릴 때 화상을 입었지만 이겨낸 피닉스라는 고양이가 받았다.

'유명 고양이 상'은 유명한 만화 『사이먼의 고양이』의 주인공 고양이인 사이먼의 고양이와 그 캐릭터를 만든 사이먼에게 돌아갔다. 이제 이 모든 고양이 중에서 최종 우승자를 발표할 시간이었다.

회장인 피터 헵번이 발표했다. "올해의 고양이는."

그가 일부러 시간을 끌었다. "제시입니다."

그는 박수를 쳐주면서 우리를 다시 무대로 불렀다. 나는 거의 기절 직전이었다. 벌써 큰 상을 받은 것만으로도 충격이었는데 마지막에 발표하는 가장 중요한 상을 우리 제시에게 준 것이다. 꿈속에 들어와 있는 것만 같았다.

이번에 로칸은 조금 더 용감하게 내 앞에서 성큼성큼 걸어갔고 별 모양의 유리 트로피를 받은 다음 무대에 서서 밝게 웃으며 포즈를 취했다.

행사가 끝나고 우리는 행사장에서 나와서 상을 들고 시상자들과 사진을 찍었고 카메라를 보며 인터뷰도 했다. 로칸은 어린이 모델처럼 큐 사인에 포즈를 잡고 웃어보였다. 이 모든 상황이 비현실적으로 느껴졌고 고양이 한 마리 때문에 우리가 이렇게 되었다니 뭔가 기묘하다는 생각만 들었다. 그러나 로칸에게는 생각하고 말고 할 것도 없이 무조건 환상적인 시간이었다. 제시를 그만큼 사랑하기에 로칸에겐 최고의 날이 되었던 것이다.

행사가 모두 끝난 후 사이먼과 아내 조가 다가와 축하를 해주었고 옆에 앉았다. 사이먼은 로칸에게 매우 친절하게 말을 붙이다가 노트를 한 장 꺼내 자신의 유명한 고양이를 그리고 사인을 했다. 로칸에게 생일 날짜를 묻더니 오는 9월에 책이 나온다고 말하면서 주소까지 물어보았다. 다음 달 로칸의 생일에 사이먼과 조 부부가 손으로 쓴 예쁜 생일 카드와 제시의 사진이 도착했다. 로칸은 난리가 났다. 카드와 사진을 코팅해 두었다.

몇 주 후, 사이먼의 새 책 그리고 그의 고양이와 제시의 그림, 사인이 도착했다. 로칸은 그 책을 무척이나 아꼈다. 보고 또 보면서 언제나 새로운 것을 찾아냈다. 사진을 보고 깔깔 웃어대기도 했다.

집으로 돌아갈 때는 기차 시간이 퇴근 시간과 겹쳐 표값이 아주 비쌌지만 우리는 호기를 부려 1등석을 예약했다. 로칸이

아주 피곤해하기도 했고 조금 더 넓은 공간이 필요하다고 느꼈기 때문이었다. 그날 저녁 받은 선물들 때문에 짐이 무척 많았다. 무거운 유리 트로피 두 개가 박스에 담겨 있었고 제시 사진이 들어간 액자와 커다란 꽃 상자, 고양이 장난감과 그 행사를 후원한 버르도에서 준 고양이 모래와 고양이 사료도 있었다. 큰 가방에는 카디건과 아이패드, 로칸의 간식이 들어 있어 이미 무거웠다. 짐에 거의 깔릴 지경이었다. 로칸도 캣츠 프로텍션에서 준 가방 두 개와 꽃까지 들고 따라왔다. 역에 도착해서 어떻게든 앉아 있고 싶어 1등석까지 가는 계단으로 갔다. 대화 가능 라운지에는 앉을 자리가 없어서 조용한 공간에 자리를 잡았다. 하루종일 입을 다물고 있던 로칸은 뛰어다니고 떠들고 싶어해서 계속 "쉬, 쉬" 하고 잔소리를 해야 했다. 결국 포기하고 역 밖으로 나왔다. 날씨가 좋아 로칸은 기차 탈 때까지 마음껏 뛰어다녔다.

목요일 저녁 7시 퇴근 시간이라 기차에는 직장인들이 가득했다. 같이 앉은 친절한 남자분이 상에 대해 물어보았다. 로칸은 그 질문을 받자 아주 좋아하면서 나를 보고 말을 했다. 하지만 그 남자에게 직접 대답하지는 않았다.

집에 왔을 때는 이미 10시가 넘어 있었다. 샤워만 하고 바로 침대로 들어갔다. 하지만 가장 먼저, 로칸은 제시에게 이 기쁜 소식을 알렸다. 사실만을 담담하게 전달했지만 얼굴을 아주 가까이 대고 웃으면서 말을 했다. "너 1등 상 탔어, 제시. 네가 탔다고." 그러더니 두 개의 트로피와 집에 가져온 상품들을 제시가 올라가 있는 탁자 위에 펼쳐놓고 고양이 장난감을 보여주었다.

이날에 대한 기억을 떠올리다보면, 이날이 로칸에게 매우 특별한 계기이자 전환점이 되었다는 생각이 자꾸 든다. 그 시상식에 관련된 모든 경험, 즉 런던에 기차를 타고 갔다 왔던 것은 분명 로칸에게 긍정적인 영향을 주었을 것이다. 낯선 어른이 무슨 음료를 마시냐고 물었을 때 로칸이 대답했던 순간의 잔상이 자꾸 떠오르곤 했다. 그날 이후부터 느리기는 하지만 모든 상황이 분명 더 좋아졌다. 그 남자가 누구였는지는 모르지만 — 아마도 유명인이었던 것으로 알고 있다 — 그가 우리 테이블에 앉아서 얼마나 다행이었는지, 그가 말을 붙여주어 얼마나 좋았는지 몇 번이나 생각하곤 했다!

9장

# 유명한 고양이

시상식이 끝나고 돌아오는 기차에서 전화 한 통을 받았다. BBC에서 다음날 아침 〈브렉퍼스트Breakfast〉에 출연해줄 수 없겠냐는 전화였다. 이미 다음날은 BBC 〈라디오 5 라이브Radio 5 Live〉에서의 인터뷰 일정이 잡혀 있었지만 두 방송국 다 샐퍼드의 미디어시티에 붙어 있어서 기꺼이 그러겠다고 했다. 그들은 제시를 데려올 수 있겠냐고 물었다. 그럴 수는 있지만 따로 방 하나가 있어야 고양이가 이동가방에서 나와 있을 수 있다고 말했다.

여름방학이었고 전날 런던에 갔을 때 루크만 집에 둔 것도 마음이 쓰여서 나는 제작진에게 인터뷰에 루크를 꼭 데려가고 싶다고 말했다. 루크에게도 잊지 못할 경험이 될 거라 생각하기도 했지만 또다른 이유로 루크와 같이 있고 싶었다. 로칸은 양처럼 순하기도 하지만 때로 못 말리는 사고뭉치가 되기도 하는데 그나마 루크가 옆에 있으면 로칸의 신경을 분산시켜서 확실히 손이 덜 가기 때문이었다.

다음날 아침 7시 30분까지 샐퍼드의 방송국 밀집 지역으로 BBC가 있는 미디어시티UK에 도착해야 했다. 전날 런던에 갔다 늦은 밤 도착했기에 로칸을 깨우기가 쉽지 않았다. 겨우 침대에서 끌어내서 옷을 입힌 후 이동가방에 제시를 넣고 출발했다. 이틀 전에 드라이했지만 미용사의 실력이 좋은 덕분에 내 머리가 여전히 봐줄 만해서 참 다행이었다.

데이비드가 차로 미디어시티UK까지 태워다주었지만 길을 살짝 헤매는 바람에 조금 늦고 말았다. 다행히 생방송 라디오 쇼 시간에는 늦지 않게 겨우 도착했다. 프로듀서는 우리를 바로 들여보냈다. 루크와 로칸은 이어폰을 끼고 마이크 앞에 앉아서 신기해하고 있었다. 로칸은 인터뷰 동안 말을 하지 않았다. 끝난 다음 누군가 뉴스를 읽고 다른 리포터가 스포츠 뉴스를 읽는 사이 우리는 조금 더 앉아 있었다. 아이들에게는 일종의 라디오 방송국 견학인 셈이었다. 둘 다 재미있는 시간을 보내는 것 같았다.

뉴스가 끝나고 준비된 대기실로 나와서 〈브렉퍼스트〉에 출연하기 위해 기다렸다. 문이 닫혀 있는지 확인한 다음 제시를 이동가방에서 꺼내 돌아다니게 했다.

방에는 푹신한 의자와 텔레비전이 있었고 바로 옆 스튜디오에서 진행중인 쇼를 생방송으로 볼 수 있었다. 아이들은 테이블 가운데 놓인 차와 과일, 크루아상을 아침으로 먹었고 제시는 방을 탐색했다. 제시는 높은 창턱까지 올라가서 만족스럽게 바깥 풍경을 바라보고 있었다. 대부분 우리끼리 있었지만 가끔

직원 몇 명이 들어왔다 나가기도 했다. 모두가 돌아다니는 고양이를 보고도 놀라지 않고 귀여워해주었다. 한 남자는 여자친구가 고양이를 참 좋아하는데 이렇게 예쁜 고양이는 처음이라며 사진을 찍어가기도 했다.

나는 긴장이 되어 간식엔 손도 대지 못했다. 텔레비전 스튜디오에 가본 적도 없었지만 수십 명의 스태프들이 우리만 보고 있을 것 아닌가.

그런데 라디오 스튜디오에서는 침묵을 지켰던 로칸이 이 방에서는 계속 떠들었고 낯선 사람들이 들어와도 말을 멈추지 않았다. 제시가 문으로 가려고 하자 로칸은 나를 바라보고 장난기 가득한 눈웃음을 지으며 문을 열 것처럼 손잡이를 잡았다. 이 청개구리 소년은 분명 문을 열었다가는 제시가 빠져나가서 스튜디오를 들쑤시듯 돌아다닐 거라고 걱정하는 나의 말을 들었던 것일 테다.

메이크업하는 곳으로 가야 해서 제시를 다시 이동가방에 넣었다. 로칸은 의자에 앉아서 얼굴에 화장을 해야 했지만 놀랍게도 거부하지 않았다. 루크는 같이 출연할 것은 아니었기에 메이크업을 하지는 않았다. 메이크업을 마치고 스튜디오 밖 의자에 앉았다. 다음 순서였다. 나는 많이 떨리고 긴장했는데 로칸은 오히려 침착했다. 루크에게 뭐라고 조그맣게 속삭이는 것 같긴 했지만 제대로 된 대화를 하지는 못했다.

우리 이름이 불렸다. 우리 차례가 온 것이다. 제시를 이동가방에서 꺼내어 안고 루크에게는 스튜디오에 함께 들어가서 보고 있으라고 했다. 루크 혼자 대기실에 남겨놓고 싶지 않았기 때문이다. 하지만 스튜디오는 생각했던 것보다 훨씬 작았다. 진행자인 찰리 스타이트와 루이즈 민친이 앉아 있는 커다란 빨간색 소파 하나와 카메라맨 한 명, 프로듀서 한 명만으로도 꽉 찼다. 찰리와 루이즈는 로칸과 나에게 와서 앉으라고 손짓했다. 찰리는 문 옆에 있던 루크를 보더니 말했다. "저 친구는 누구예요? 와서 앉아요." 그래서 루크도 우리와 함께 소파에 같이 앉았다. 찰리에게 정말 고마웠다. 루크에게도 잘된 일이었다. 평소 착하고 이기적이지 않으며 동생을 배려해주었던 형이 이렇게 인터뷰에 함께 참여할 기회를 갖게 되니 엄마로서 마음이 푹 놓였다.

인터뷰 초반에는 소파에서 자꾸 달아나려는 제시를 붙잡느라, 또 대기실에서 기다린 이후 약간 산만해진 로칸을 지켜보면서 인터뷰를 하느라 정신이 없었다. 세상에서 가장 여유롭고 편안하게 시작한 인터뷰는 아니었을 것이다.

찰리는 루크에게 고양이가 온 다음부터 동생이 어떻게 달라졌는지 물었다. 루크는 같이 방송을 하거나 말을 하게 될지는 모르고 왔음에도 굉장히 자연스럽게 대답했다.

"예전보다 선생님 질문에 대답도 잘하고요. 친구들에게도 훨씬 말을 잘해요."

아마 루크가 인터뷰하게 될 것을 미리 알았다면 더 긴장했을 수도 있지만, 갑자기 질문을 받으니 오히려 자연스럽고 야무지게 대답한 것 같다.

또 찰리는 로칸에게 고양이에게 어떻게 말을 거는지 물었다. 로칸은 대답하지 않았다. 대신 몸을 숙여서 입을 제시의 귀에 가까이 대고 마치 고양이에게 속삭이는 것 같은 포즈를 취해보였다. 물론 집에서는 그런 식으로 행동하지 않는다. 로칸이 계속 스튜디오 스크린에 올라온 자신과 제시의 사진을 옆눈으로 보고 있었다는 건 나중에 녹화한 방송을 보고서야 알게 되었다. 찰리는 로칸이 엄마와 형과는 말하는 것을 보았다고 말하며, 로칸에게 친절하게 말을 시켜보려고 했다. 하지만 오늘 로칸은 대답하지 않을 거란 걸 진작 알았다. 아까 대기실에서 나오면서부터 제대로 말하는 것을 딱 멈추었기 때문이다.

인터뷰가 끝난 다음 몇 분간 스튜디오에 머물면서 루이즈와 찰리와 편하게 잡담을 나눴다. 두 사람이 제시를 귀여워해주었음에도 로칸은 단 한마디도 하지 않았다.

우리 고양이 제시가 이렇게 모든 사람이 자기에게 집중하는 순간을 즐겼는지 아닌지 알 수는 없지만 아마도 좋아했을 거라 생각한다. 소파에 앉아 있을 때 내 손을 살짝 깨물었다가 다시 그 부분을 핥아주었기 때문이다. 그건 가끔 있는 일로 '버만 닙Birman Nip'이라고 하는데 전혀 아프지 않고 자국도 남지 않는다. 고양이들이 주인에게 하는 각별한 애정 표시다. 이 모든 것을 살펴본 결과 제시도 이날 꽤 기분이 좋았던 것 같다.

스튜디오에서 나와서 제시를 다시 이동가방에 넣어주는데 맨체스터 유나이티드의 전 골키퍼인 피터 슈마헬이 지나가는 것이 보였다. 아이들에게 빨리 알려주었더니 둘 다 신이 나서 팔짝팔짝 뛰었다.

모든 일정이 끝나 택시를 타고 집으로 갔다. 그제야 한숨 돌릴 수 있었다. 아이들은 라디오 방송과 이후의 텔레비전 인터뷰에 대한 후기를 나누기 시작했다. 루크는 '끝내줬다'고 했고 로칸은 "오늘이 내 인생 최고의 날이야. 아니 제시가 상 탄 날 빼고"라고 말했다.

나는 로칸에게 텔레비전에 또 나가보고 싶은지 물었다. 로칸은 당연히 그러고 싶다고 했다.

떨리고 긴장되는 시간이었지만 그래도 대중에게 선택적 함구증을 조금이라도 알릴 수 있는 소중한 기회였다는 생각이 들었다. 대부분의 사람들은 이런 용어를 들어본 적도 없었을 것이다. 방송이 나간 후 한 여성이 선택적 함구증 페이스북 페이지에 이런 글을 남겼다.

"오늘 텔레비전에서 한 소년을 보았고 생각했어요. '우리 아이도 그래!' 아마 우리 아들도 선택적 함구증인 것 같습니다." 우리가 그 어머니를 도울 수 있어서, 앞으로도 다른 사람들도 도울 수 있다고 생각하니 참으로 감사했다.

상을 받고 텔레비전 인터뷰를 하면서 제시는 명사名士 고양이가 되었다. 스페인 잡지에 실리기도 했고 캣츠 프로텍션 동영상이 인터넷에서 13만 조회수를 기록하기도 했다. 제시의 인기가 하늘을 찌른 것이다.

그래서 제시만의 트위터 계정@LoveCatJess을 만들어주었는데, 지금 제시의 트위터 팔로워 수는 1천5백 명이 넘는다. 제시가 그날 쳤던 장난이라든가 강아지를 어떻게 골려 먹었는지에 대해 고양이다운 코멘트들을 트위터에 남기고 있다. 팔로워들이 좋아할 만한 예쁜 고양이 사진들을 올리고 또 제시의 고양이 트친들도 자기 사진을 트윗으로 남긴다. 하지만 그냥 재미로 하는 SNS는 아니다. 제시의 트위터는 자폐와 선택적 함구증에 대해 알리는 또하나의 플랫폼이 되어주고 있다.

제시의 수상 소식은 신문과 각종 고양이 잡지에도 실렸다. 며칠 후에《버만 캣 클럽》에서 로칸을 명예 회원으로 만들어주기도 했다. 그들이 '올해의 고양이 상' 수상에 대한 짧은 글을 써달라고 부탁해 아담이 글을 썼고 이것은 겨울호에 실렸다. 이 책 말미에도 실었으니 꼭 읽어보길 바란다.

제목은 이렇다.「스타 커플: 제시와 로칸」. 아담은 아주 깊이 있고 진지한 글로 동생의 선택적 함구증에 대해 차분히 설명했다. 또 제시를 향한 사랑이 로칸의 가족 관계와 학교생활을 얼마나 바꾸었는가에 대해서도 이야기했다.

> 로칸은 크게 나아졌으며 적절한 도움만 있다면 선택적 함구증을 가진 어린이도 잘 살아갈 수 있고 결국에는 장애를 극복할

수도 있다는 것을 보여준다.

아담 글의 일부다. 또 아담은 가족과도 같은 우리의 반려 동물에 대해 마음에서 우러난 찬사로 마무리했다.

제시는 고양이가 나이에 상관없이 한 인간의 인생을 얼마나 바꿀 수 있는지를 아주 잘 보여주고 있다.

이 글과 함께 제시를 분양해주었던 자넷의 따뜻한 편지도 같이 실렸다.

"제시는 정말 최고의 집을 찾았어요. 아마 제시는 로칸과 평생 친구로 남을 겁니다. 이 특별한 아이는 버만 고양이에게 사랑과 존경을 받고 있을 것이 확실하죠."

2012년 9월, 루크는 초등학교를 졸업하고 중학교Secondary School로 가게 되었다. 모든 부모 마음이 그렇겠지만 아이에게 좋은 학교를 골라주는 일은 매우 중요하다. 나의 결정이 아이의 인생 전반에 영향을 미칠 수도 있다. 여러 가지 이유로 루크는 동네에 있는 학교와 맞지 않았다. 20마일 정도 떨어진 너츠포드 아카데미에 방문해보니 모든 것이 마음에 들었다.

루크의 학교 문제를 고민하면서 동시에 형의 진학이 동생에게 미칠 영향을 생각하지 않을 수 없었다. 누가 로칸을 괴롭히면 바로 루크에게 말할 수가 있을 테니, 형이 같은 학교에 다니는 한 로칸에게 함부로 대할 아이가 적을 거라는 믿음이 있었다. 물론 로칸에게는 단짝 친구 조지와 여러 다른 친구들이 있고 지금까지는 왕따나 놀림을 받은 적은 없었다. 전교생이 2백 명 정도인 작은 학교에 학급 수도 많지 않아 로칸에게는 상당히 안정적인 환경이었다.

시상식 이후 로칸의 언어 능력은 점점 더 좋아졌다. 2월에는 자폐를 다루는 소아과 의사인 존 박사를 다시 한번 만났다. 그도 아스퍼거 증후군의 가능성에 대해서도 생각하고 있었던 터라, 관련 기관과 연락해 로칸이 더 필요한 도움을 받는 방법을 찾아보라고 조언했다. 그래서 우리는 자폐 전문가이며 언어 치료사인 말리 라시디를 만나게 됐다. 존 박사가 말리를 추천한 이유는 다른 전문가들이 알아채지 못하는 미세한 차이점을 찾아낼 수 있는 사람이라고 생각했기 때문이었다.

말리는 7월에 학교에 와서 로칸을 보았다. 한 달 후 여름방학에는 아이들이 나갔을 때 나와 면담을 했다. 그녀는 매우 꼼꼼하게 로칸이 어렸을 때는 어떤 아기였는지, 무엇을 좋아했는지, 지금은 어떻게 행동하고 말하는지 물었다. 그녀도 아스퍼거 증후군의 징후가 보인다고 생각하지만 다른 아이보다 로칸은 일상적인 생활을 잘하는 편이라고 했다. 어쩌면 우리 가족이 이미 이런 일을 한 번 겪었기 때문일 수도 있었다.

아이가 일부러 못되게 굴려는 것이 아니라 그런 방식으로밖에 행동할 수 없다면 부모는 다그치거나 소리를 질러서는 안 된다. 그녀는 로칸이 잘 지내는 것이 우리 가족들이 그만큼 현명하게 대처했기 때문이라고 했다. 칭찬을 들으니 기분이 좋았다.

특히 아빠가 훌륭한 것 같다고 했다. 성격이 무던하고 느긋하여 모든 일을 있는 그대로 받아들이기 때문이다. 데이비드는 친아들이 아닌 아담에게도 친아들처럼 대했고 세 아이들 모두와 친구처럼 지냈다. 우리 부부가 사실을 있는 그대로 받아들이고 대했지만, 만약 아빠 성격이 달랐다면, 예를 들어 약간이라도 다혈질이거나 성격이 강했다면 로칸이 이렇게 잘 지내기는 힘들었을 수도 있다고 말했다. 가끔은 로칸이 일부러 말썽을 부리는 것처럼 보이기 때문이었다. 하지만 나는 로칸이 일부러 그렇게 행동하지 않았다는 것을 알고, 아이의 머릿속에 무슨 일이 일어나고 있는지도 안다. 아이는 뭔가 이상하고 잘 모를 때 화를 낸다.

다행히 데이비드는 온화하고 조용하며 느긋했다. 그래서 우리 가족은 함께 잘 지낼 수 있었고 나쁠 때보다 좋은 순간이 더 많았다.

말리는 선택적 함구증이 '병적인Comorbid' 장애로 아스퍼거 증후군과 함께 존재하는 병일 수도 있지만 꼭 연관되어 있지만은 않다고 설명해주었다. 그녀의 평가 덕분에 우리는 10월에 소아정신과 의사인 샤마와 약속을 잡을 수 있었다.

샤마 박사는 내게 미리 전화를 해서 로칸을 데려오지 말고 꼭 혼자 와달라고 부탁했다. 좀 이상하다는 생각이 들었다. 그리고 또 물었다. "남편분과 같이 오시나요?"

그건 생각해본 적도 없어서 바로 대답했다. "아니요. 직장에 있어서요." 하지만 이 질문이 뭔가 나에게 경종을 울리는 것 같았다. 엄마에게 이야기하니 엄마가 같이 가주겠다고 하셨다.

샤마 박사의 사무실에 들어가니 말리도 같이 있었다. 처음에는 로칸에게 강박 장애가 있는지를 확인하기 위한 여러 가지 사항을 체크하더니 강박 장애는 아니라는 결론을 내렸다. 로칸은 어떤 일을 꼭 어떤 방식으로만 고집하는 경향이 있었고 점점 강박을 발전시키려 하는 편이라 조금 걱정하던 참이었다.

로칸이 최근 집착하는 건 영국의 연예인 듀오인 '앤트와 덱'이었다. 로칸은 이들의 왕팬, 극성팬이었다. 〈새터데이 나이트 테이크어웨이Saturday Night Takeaway〉 전편을 녹화해두고 보고 또 보았다. 프로그램 코너 중에서도 특히 좋아한 건 〈엔드 오브 더 쇼 쇼 The End of the Show Show〉였다. 앤트와 덱은 쇼의 마지막에 그날의 초대 손님과 함께 공연을 한다. 로칸은 앤트와 덱의 'Let's get ready to rumble'이라는 공연을 특히 좋아했다. 나에게 앤트와 덱에 관한 조사를 하라고 하기도 했는데 로칸에게 이 쇼를 묘사하는 세 단어를 꼽아보라고 하자 바로 '쿨하다' '끝내준다' '대단하다'를 골랐다. 로칸은 또 그 프로그램이 '기발하다'고 했다.

아이가 앤트와 덱을 보는 모습을 보면 정말 귀엽다. 완전히 초집중해서 한 장면도 놓치지 않고 깔깔 웃으며 소리도 지른다. 앤트와 덱이 나오면 장면을 멈추어 돌려보기도 한다. 심지어 그들이 나오는 광고도 그렇게 본다. 또한 '덱' 얼굴의 종이 가면도 샀는데 이걸 쓰면 릴리는 기겁했지만 로칸은 좋아했다. 로칸은 밤에 그 가면을 쓰고 창밖을 내다보곤 했는데 아마 그 모습을 본 지나가던 사람들은 심장이 떨어지는 줄 알았을 것이다.

그래도 로칸이 강박 장애는 아니라는 사실에 일단 안심했다. 또 그들은 왜 로칸을 만나지 않으려고 했는지도 설명해주었다. 그들에게는 자폐 진단 관찰 스케줄ADOS이라는 테스트가 있는데 아이들과 게임을 하면서 소통을 끌어내야 한다고 했다. 그들이 말과 행동에 대한 아이들의 반응을 관찰해야 하는데 샤마에 따르면 아이의 선택적 함구증 때문에 잘못된 결과를 얻을 수도 있다고 했다.

대신 그들은 BBC 〈브렉퍼스트〉 인터뷰 영상을 보았고 내 걱정도 잘 들어주었다. 그들은 마침내 진단을 내렸다. 나의 귀엽고 사랑스러운 셋째 아들은 아스퍼거 증후군이 맞았다.

아스퍼거 증후군 아들이 있었기에 어쩌면 나는 마음속 깊이 몇 년 동안 이미 알고 있었는지도 모른다. 하지만 아담이 얼마나 끔찍한 날들을 겪었는지 엄마로서 다 지켜보았다. 그래서 내 안의 또다른 나는 그 느낌이 틀리기를 바랐다. 또 아담은 십대 후반에 아스퍼거 증후군 진단을 받았기 때문에 로칸도 열다섯 살 이상에 진단을 받게 될 줄 알았다.

예상했던 최악의 상황이 사실로 확인되면서 나는 한동안 아무 말도 할 수 없었다. 나는 무너져내렸다. 울었다. 절망적이었다. 로칸의 미래, 아이가 마주하게 될 그 무지의 세계, 이미 알고 있는, 우리 앞에 놓여 있는 이 전쟁 같은 시간에 대해 나는 이미 잘 알고 있었기 때문이다. 로칸은 나의 막내아들이다. 예쁘고 잘 웃고 장난꾸러기인 눈에 넣어도 안 아플 내 아들. 중학교에 가서 로칸이 겪게 될, 아마도 평생 겪게 될 문제와 아픔에 대해 생각했다. 마치 누군가 심장을 움켜쥔 다음 쥐어짜는 것만 같았다. 아담을 위한 전쟁을 이제 마쳤는데 나는 또다른 전쟁을 하러 가야 한다.

그다음 유일하게 기억나는 건 내가 이렇게 물었던 것이다

"로칸에게는 언제 말할까요?" 그들은 아이가 중학교에 들어갈 즈음에는 알고 있는 것이 좋겠다고 했다. 국립자폐협회에서 발행한 정보 서류들을 주었다. 그리고 그곳에서 나왔다.

엄마가 곁에 있어서 그래도 다행이었다. 그 순간 나에게는 무엇보다 사랑과 위로가 절실했다. 사무실에서 나온 후에 엄마를 바라보며 울었다.

"사람들이 뭐라고 그랬어?" 사실 너무 충격을 받은 상태라 그들의 자폐라고 했는지 아스퍼거라고 했는지도 잘 기억나지 않았다. 그저 이런 생각만 했던 것 같다. '아, 어떡해. 이제 이 사람들이 진단을 해주려고 하네.' 하지만 그 진단이 뭔지는 제대로 듣지 않은 것이다.

사실 그렇게까지 큰 충격은 아니었어야 했을지도 모른다. 하지만 충격이 컸다. 아무리 몇 년 동안 느낌으로 알고 있었다고 해도 공식적으로 발표되기 전까지는 마음 저 한구석에서 어쩌면 내가 틀렸을지도 모른다고, 우리 아이는 자폐가 아닐 거라고, 앞으로 다 잘될 거라고 믿고 싶었을 거다. 그게 엄마 마음이다.

그때까지도 나는 이미 인식하고 있었지만 이 현상을 무시하는 것이 아니라 확실한 진단을 받을 때까지만 그 현상을 다루지 않겠다고 생각을 하고 있었던 것 같다.

5분 정도는 미쳐버릴 것처럼 화가 났다. 당연한 반응이었다. 전혀 안심이 되지 않았다. 처음에는 그랬다. 그러다 조금 후에 나는 생각했다. '그래. 알았다. 할 일이 있네. 그 일을 해야겠네.'

아담이 겪은 일을 다 지켜보았기 때문에 또다시 우리 아들이 그런 일을 겪게 할 수는 없었다. 아담의 이야기가 알려지면서 학교는 나를 진지하게 대하기도 했다. 아담은 언제나 가장 똑똑한, 반에서 항상 1등을 독차지하는 스타 학생이었다. 머리가 좋고 자신감이 넘쳤다. 이미 초등학교 때 시를 써서 발표하기도 했다.

하지만 그들은 아이가 시련을 겪는 것, 아이가 부딪친 문제들을 보았다. 내가 무슨 말을 하는지도 잘 알았고 내 이야기에 귀를 기울였다.

샤마 박사의 사무실에서와는 달리 밖으로 나와서는 눈물 한 방울 흘리지 않았다. 이 상황을 헤쳐 나가기 위해서는 정신을 똑바로 차려야 하기 때문이다. 내가 회사에 다니는 건 아니지만, 내 앞에는 할 일이 쌓여 있어 바쁘다. 책상 위에는 수많은 서류들이 있고 항상 연락해야 할 사람들이 있으며 누군가를 위해 할 일이 있다. 여기서 자괴감과 연민에 빠져 허우적거려봤자 아무도 날 도와주지 않는다. 이 아이들은 내 아이들이고 나는 아이들을 위해 싸워야 한다. 그래야 이 아이들에게 가능한 가장 나은 삶을 살게 할 수 있다. 이건 나의 직업이다.

데이비드에게 그날 밤 말리와 샤마 박사가 해준 이야기를 했다. 그는 자기도 그렇게 생각해왔다고 했다. 아담은 로칸에게서 아스퍼거 증후군의 징후를 어릴 때부터 보았던 탓인지 별로 놀라지 않았다. 그러고는 루크를 앉혀놓고 간단하게 아스퍼거가 무슨 뜻인지 설명해주고 아스퍼거에 대해 설명한 몇 개의 만화를 보여주었다. 루크는 이 모든 것을 받아들이고 바로 이해했다.

"나도 그럴 수 있어요?" 루크가 물었다. "형이랑 동생이 둘 다 아스퍼거니까요."

나는 루크에게 루크는 확실히 아스퍼거가 아니라고 말했고 아스퍼거 증후군을 설명하는 유튜브 영상을 보여주었다.

로칸에게는 언제 말할지 결정하지 않았다. 일단 진단을 확정하는 편지가 도착할 때까지만 미룰 생각이었다. 편지가 몇 달 후에 도착할 수도 있는 일이었지만 그 종이 한 장의 확인이 필요했다. 때문에 이런 문서가 부모들에게 빨리 전달되는 것은 참 중요하다. 엄마에게도 확실히 그렇게 들은 것이 맞는지 거듭 물어봤다. 서류가 없으면 내가 잘못 들은 걸 수도 있다는 생각이 자꾸 들었다. 흰 종이와 검은 글씨의 확증이 없으면 로칸에게 말하지 않기로 했다.

우리는 그로부터 석 달 후인 10월에야 진단서를 받을 수 있었다. 그사이에 나는 CAMHS에 수없이 전화를 했다. 직원들은 아마 전화벨만 울려도 내 전화인 것을 알았을 것이다. 이 짓을 몇 주, 또 몇 주 동안 하자 열불이 나기 시작했다. 그때도 통화를 마치고 전화기를 내려놓자마자 아주 까칠한 항의 편지를 쓰고 있었다. 그 순간 전화가 울렸다. 국립자폐협회의 매우 친절한 여직원이었다. 나는 그녀에게 사정을 설명했고 그녀는 바로 CAMHS에 전화를 걸어주었다. 이것 봐라……? 며칠 후에 진단서가 도착했다.

몇 년 전에 아스퍼거 증후군 소년에 대한 프로그램을 본 적이 있다. 그 아이는 언제나 자신이 다른 아이들과 다르다는 것을 알았지만 왜 다른지는 몰랐다고 했다. 로칸이 그런 느낌을 받는 것이 싫었고, 조금 더 머리가 굵어진 후에 들으면 큰 충격이 될 수도 있을 것 같았다. 그렇지만 너무 이 문제에만 집착하거나 부담을 주고 싶지는 않았다. 언제가 적당한 기회인지는 두고 볼 수는 있었다.

나는 점점 불안해졌고 아이의 반응이 두렵기도 해서 말하는 것을 계속 미뤘다. 그러다 드디어 완벽한 순간이 다가왔다.

로칸과 나는 같이 앉아서 사람들이 어떻게 '다른지'에 관해 이야기하고 있었다. 내 심장이 사정없이 쿵쾅거리기 시작했지만 계속 대화를 이어나가보기로 했다. 때가 왔다. 로칸은 『해리 포터』의 친구인 네빌 롱바텀이 해리처럼 그리핀도르 기숙사에 있지만 다른 아이들과 다르다고 했고, 나는 사람 많은 거리에서 왜 다른 사람을 손가락으로 가리키거나 큰 소리로 지적해서는 안 되는지를 설명했다. 로칸은 제법 점잔을 빼며 말했다. "어떤 사람들은 코를 파기도 하고 어떤 사람들은 웃긴 머리 모양을 하고 있어."

그후 나는 간단히 아스퍼거가 무엇인지 설명했다. 아이는 잠깐 생각해보더니 말했다. "난 이대로도 행복한데."

그 말을 듣는 순간 목이 메었다. 나는 호들갑을 떨면서 아스퍼거 증후군이었던 유명한 사람 이름을 대보았다. 마이크로소프트의 빌 게이츠라던가 17세기 물리학자이자 수학자였던 아이작 뉴턴 이야기도 했다. 그렇게 아이의 관심을 돌릴 수 있었다.

아담은 로칸에게 케시 후프먼의 『고양이는 모두 아스퍼거 증후군이다All Cats Have Asperger Syndrome』라는 책을 선물했다. 완벽한 책이었다. 고양이의 다양한 행동을 통해 아스퍼거 증후군의 여러 특징들, 즉 유난히 민감한 청력이라든가 몸을 만지는 것을 싫어하는 것과 특이한 식습관을 담백하게 설명한다. 표정이 살아 있는 고양이 사진도 많이 실려 있어서 로칸이 좋아했다. 가끔 마음에 안 들거나 생각하고 싶지 않은 부분, 예를 들면 아스퍼거 고양이가 친구를 잘 사귀지 못하는 부분이 나오면 빨리 넘겨버렸다. 나는 아직도 로칸이 아스퍼거 증후군에 대해서 얼마나 깊이 이해하고 있는지 잘 모른다. 다 이해하기엔 로칸은 아직 어리다. 그저 아이가 더 컸을 때 이 사실이 충격으로 다가오지 않기를 바랄 뿐이다. 어쨌든 로칸은 지금 자신을 있는 그대로 받아들이고 그 자체로 행복해한다. 그것만으로 충분히 기쁘다.

우리가 1층으로 내려가자 로칸은 곧바로 제시에게 다가가더니 요란스럽게 장난을 쳤다. 그러더니 말했다. "제시, 그거 알아? 너 아스퍼거래. 몰랐지?" 아마도 고양이를 보면서 아스퍼거가 무엇인지 조금 더 쉽게 이해하게 된 것 같았고, 다시 한번 그것은 그 둘을 이어주는 하나의 끈이 되었다. 로칸이 제시에게 밝은 목소리로 이야기하는 모습을 보면서 그동안 로칸이 어떻게 받아들일까 싶어 마음 졸이긴 했지만 말하길 참 잘했다는 생각이 들었다.

그날 이후 아스퍼거 증후군에 대한 화제를 꺼낸 적은 거의 없다. 아이 스스로가 알고 있으니 그것으로 됐다 싶었고, 궁금한 것이 있어 질문하면 참 좋겠다는 생각도 했다. 로칸에게는 소통 장애가 있어 자신의 감정 표현을 어려워하기에, 아이가 이해하지 못하는 것은 편하게 물어보도록 가르치고 있었기 때문이었다. 로칸은 이 말을 잘 따라서 내게 수많은 질문을 하곤 한다. 하지만 아직까지 감정 표현은 힘들어하기 때문에 자기 감정에 대한 질문은 없다. 아이의 질문은 엉뚱하고 특이하다. "누가 이 땅을 처음으로 걸은 사람이야?" 혹은 "이 세상의 모든 물이 다 어디서 왔어?"

최근 질문은 이랬다. "영국 땅이 그렇게 작다면서? 왜 팽창을 안 하는 거지?"

순수한 호기심이지만 이 질문은 모두 사실을 기반으로 한 것이지, 자신의 선택적 함구증이나 아스퍼거 증후군에 대한 이야기는 꺼낸 적이 없다.

나도 최근에 발견한 사실인데 아스퍼거 증후군을 갖고 있는 많은 사람들이 고양이를 키운다고 한다. 반려 동물이 원래 큰 위안이 되지만 특히 고양이가 특별한 위로를 주는 것 같았다. 트위터에서 아스퍼거를 갖고 있는 사람들을 몇몇 만났는데 그 중에서도 자폐아 왕따 문제에 대해 열심히 캠페인을 벌이고 있는 케빈 힐리는 최근 아름다운 고양이 사진을 하나 보내주었다. 제시와 꼭 닮은 버만 고양이였다.

로칸이 아스퍼거 진단을 받았을 때가 3학년이었고 졸업하기까지 3년이나 더 남아 있었지만 나는 아이가 중학교에 가서 겪게 될 어려움들에 대해 미리 충분히 대비한 후 졸업을 시키고 싶었다. 며칠 동안 인터넷에서 정보를 뒤지다가 결국 아담에게 물었다. "로칸이 중학교에 가면 어떤 문제들이 생길지 알고 싶어. 엄마 좀 도와줄 수 있니?"

아담은 동네의 그래머 스쿨에 다녔다. 아이가 직접 겪은 일을 토대로 하리라는 것은 알았지만 이렇게 긴 목록을 읽을 줄은 몰랐다. 눈물이 앞을 가려 읽기가 힘들었다. 아담이 이렇게 일상적인 고통과 분노를 꾹꾹 눌러왔을 줄은 꿈에도 몰랐다. 아이가 학교에 다니는 동안, 내가 참석했던 수많은 학부모 모임에서도 교사들은 내게 단 한마디도 해주지 않은 것이다.

아담은 자신의 경험과 함께 로칸의 더 나은 학교생활을 위해 교사들에게 바라는 점에 대해서도 써주었다.

— 선생님이 내준 숙제를 정확히 어떤 방식으로 해야 하는지 확인한다. 그냥 노트에 쓰는 짧은 글을 원하는가 정식 에세이를 원하는가.

— 잘한 것은 칭찬해주고 동시에 실수도 지적해준다. 그렇지 않으면 자신감을 잃는다. 아이는 노력해야 할 이유를 알지 못해서 그냥 포기하고 실패한다.

— 모둠 활동: 조용하고 내성적인 아이들은 무시당하기 쉽다. 그 아이들을 로칸처럼 얌전하고 말 없는 친구와 같은 모둠에 넣어준다. 로칸이 노트 필기를 하게 하고 말하기 편한 믿을 수 있는 친구 한 명이 있으면 좋다. 노트 필기가 중요한데 중간에 끼어들거나 큰 목소리로 이야기하지 않아도 자신의 관점을 나

타낼 수 있기 때문이다.

— 다음 시간에 어디에서 수업하는지 미리 알고 있거나 누군가 옆에서 알려주어야 한다. 이런 도움은 계속되어야 한다. 잘 지내는 것 같다고 해서 도움을 멈추어서는 안 된다. 교실이 바뀌거나 특별 활동 수업을 할 때, 이를테면 모둠 활동이나 실습을 할 때 미리 이야기해주어야 준비할 수 있다.

— 가능하면 본인이 교실의 자리를 정할 수 있도록 한다.

— 과제의 성격에 대해서 명확하게 말해준다. 중요 항목과 에세이인지 정확히 알려준다. 대충 알아서 하게 내버려두면 안 된다. 명쾌하게 설명하지 않고서 아이가 무엇을 해야 할지 알 거라고 확신하면 안 된다.

— 아스퍼거 증후군 어린이들은 굉장히 예민하다. 배경에 들리는 소음을 차단하지 못해 학교 식당 같은 크고 시끄러운 공간을 매우 힘들어한다. 점심을 먹을 조용한 장소가 필요하다.

— 평소와 다른 행사가 있다면 미리 알고 준비해야 한다. 소풍이나 사복 입는 날은 미리 확인시켜준다.

— 교사들은 로칸이 일어나서 큰 소리로 교과서를 읽거나 발표

하는 것이 어렵다는 사실을 알고 있어야 한다. 로칸의 선택적 함구증은 중학교까지 이어질 수 있다.

— 과학이나 다른 과목의 실습 시간은 문자 그대로 해석하는 아이에게는 무척이나 어려운 시간이 될 수 있다. 로칸은 도움을 청하지 못할 수도 있다.

아담이 학교에서 그렇게 고된 시간을 보내고 있다는 것을 우리는 몰랐다. 늦게 진단받았기 때문에 이 모든 악몽을 혼자서 맨몸으로 헤쳐 나갈 수밖에 없었다. 그래도 로칸은 비교적 일찍 알았기 때문에 우리는 조금 더 실질적인 행동을 취할 수 있을 것이었다.

심각한 자폐증이 아니고 고기능 아스퍼거이기에 아이가 적절한 시기에 도움을 받는다면 무리 없이 지낼 수 있을 거라고 생각했다. 인터넷을 뒤지고 또 뒤졌다. 이메일을 쓰고 전화를 하고 좋은 정보를 모두 알아서 아이를 최대한 잘 지내게 하고 싶었다. 아마도 '조기 특수교육Early Intervention'이라는 단어는 이미 여러 번 들어보았을 것이다. 하지만 이것이 과연 뭘까? 무엇을 해야 한다는 걸까? 필요한 것은 다 하고 싶고 모든 걸 설명해주고 아이가 괜찮은지 일일이 확인하고 싶다. 하지만 아이는 대부분의 시간을 학교에서 보낸다. 그렇기 때문에 중학교에 들어가기 전에 특수교육 여부를 결정하고 싶었다. 나는 생각했다.

'초등학교 선생님들이 워낙 좋기 때문에 지금 당장 필요하지는 않아. 하지만 중학교에 가서는 어떻게 될지 모르잖아.'

아이는 벌써 지시사항이나 과제에 대해서 어려움을 느끼기 시작하고 있다. 이제 겨우 3학년인데도 수학 숙제를 어떻게 해야 하는지 이해하지 못하는 경우가 종종 있다. 그러다 숙제를 못해가는 일도 생긴다. 중학교에 들어가서 훨씬 더 어렵고 복잡한 과제를 수행해야 하면 어떻게 될 것인가?

만약 이 문제로 정부 기관과 싸워야 하고 조사위원회나 법원에 가게 되면 — 나는 그럴 준비가 되어 있다 — 아마 몇 년은 걸릴 것이다. 그러니 지금부터 시작해야 한다.

로칸이 특수교육 허가를 받기 위해 또 한번 신청서류들을 작성했다. 거기에 이런 질문이 있었다.

"부모님의 걱정은 무엇입니까." 아주 작은 답변 칸이 마련되어 있었다. 나의 걱정을 몇 문장으로 요약하기에는, 이 작은 공간에 구겨 넣기에는 몹시도 크고 복잡하다. 그래서 형식적인 신청서 외에 다른 종이에 로칸이 겪은 문제의 간략한 역사와 왜 내가 특수교육 지정을 원하는지를 적었다. 쓰다보니 몇 페이지가 넘어갔다. 그들은 예상보다 훨씬 더 두툼한 서류를 받게 될 것이었다.

그럼에도 불구하고 지방 교육청 담당자에게 '현재로서는 충분한 증거가 부족'하기 때문에 이 결정을 미루겠다는 내용이 담긴 편지를 받았다. 피가 거꾸로 솟는 것만 같았다.

이 모든 과정 중에도 말리는 큰 힘이 되어주었다. 자폐 전문가이며 언어 학습 전문가인 그녀는 내가 놀랄 정도로 자폐에 관한 풍부한 지식을 갖고 있었다. 그녀는 정말로 대단한 여성이다.

진단을 받은 이후 그녀가 초대한 '상황 워크숍'이란 곳에 참석했다. 여기서 나는 앞으로 아이에게 일어날 변화를 모두 적어보는 작업을 했다. 그래야 일상적이거나 특별한 변화에 매번 놀라지 않을 것이었다.

예를 들어, 로칸이 수영을 한다는 생각만으로 두려움에 사로잡혔을 때 학교에서 정확히 상황을 설명해준다. 그들은 이렇게 친절한 설명서를 쓴다. '우리는 수영장에 도착할 거야. 너는 탈의실에 들어가서 수영복으로 갈아입을 거야. 그런 다음에 수영장 근처로 나올 거야.'

또 그림을 그릴 수도 있다. 졸라맨 그림을 이용하거나 사진을 넣어서 아이가 미리 시각적으로 익힐 수 있다.

긍정적인 이야기는 많이 넣고 부정적인 이야기는 적게 넣으면 쉬울 것 같지만 사실 생각보다 더 복잡하다. 처음 이 워크숍을 할 때는 쉽게 생각했지만 이렇게 생각을 바꾸었다. '아, 이걸 제대로 이해하려면 꼭 대학 졸업증이 필요하겠어!' 아이가 두려운 사건을 헤쳐 나가고 걱정을 해결하도록 돕기 위해서는 꼭 필요한 과정이었다. 나는 충분히 공부했고 아이에게 확실히 도움이 되었다.

로칸에게 수영은 언제나 큰 골칫거리였다. 이미 수많은 가족 회의를 하고 데이비드가 몇 번이나 아이들을 동네 목욕탕이나 작은 실내 수영장에 데리고 가보았지만 로칸은 절대 좋아하지 않았다. 로칸은 옆의 계단에 앉아서 들어가지 않겠다고 고집을 부리곤 했다.

그나마 로칸이 3학년 때 학교의 수영 수업 방식이 바뀌어 다행이었다. 2월부터는 일주일에 한 번 30분씩이 아니라 6개월에 한 번 한 시간씩 하기로 했다. 로칸이 새로운 선생님에게 적응할 시간을 조금 더 벌 수 있었다. 아무래도 로칸이 발을 깊이 담그기에 — 말 그대로 — 더 나은 조건이었다.

로칸과 함께 이 문제에 대해 여러 번 이야기했지만 그때마다 로칸은 지나치게 예민해했다. 2월이 시작되었고 로칸의 담임 선생님인 버나드 씨는 수업시간에 이 문제를 꺼내면서 수영을 못하는 아이가 로칸뿐만은 아니라고 말해주었다. 그래서 로칸은 할 수 있는 한 준비를 해갔다. 나는 아이가 한 번쯤은 시도를 꼭 해보았으면, 그런 다음에 어떻게 되는지 보았으면 했다. 실제로 수영을 해보았을 때 스트레스를 받거나 화를 낸다면 그만하게 할 생각이었다.

수영 수업 며칠 전 로칸은 하고 싶지 않다고 말을 했지만 왜 그렇게까지 수영이 두려운지에 대해서는 말로 풀어내지를 못했다. 변화가 싫을 수도 있고 낯선 장소 때문일 수도 있지만 언어 치료사는 자폐아들에게 흔히 있는 감각의 문제일 수 있다고 했다. 물이 얼굴에 닿는 느낌이나 수영장의 소음을 참기 힘든 것이다.

아이는 확실히 짜증을 내고 있었고 나는 아이를 버나드 씨에게 데리고 갔다. 선생님은 아이에게 어떤 점이 무서운지 물어보았고 아이는 심각한 표정을 짓더니 대답했다.

"빠져 죽는 거요!"

그제야 우리는 이해했다. 버나드 씨가 왜 그런 일이 일어날 수 없는지 찬찬히 설명해주자 아이의 얼굴이 조금씩 밝아졌다.

첫 수영 수업 전에 미리 수영 가방과 수영용품들을 보여주고 집에서 예행연습도 해보았다. 아이는 여전히 불안해했지만 짜증을 내지는 않았다. 그리고 수영 수업에 갔다.

결론을 말하자면, 아이는 큰 무리 없이 잘해냈다. 물론 로칸이 앞으로 더 수영을 배울지 아닐지는 모르겠다. 아직도 물 안에서 겁을 낸다. 하지만 내게 중요한 건 아이가 수영 수업에 갔다는 사실과 큰 소동 없이 물 안에 들어갔다는 사실이다. 그것으로 충분하다. 버나드 선생님이 추천한대로 우리는 부활절 휴일에 아이를 수영장에 데리고 갔다. 아이는 형 루크와 물속으로 풍덩 빠졌다.

그렇다고 로칸이 수영하는 날을 손꼽아 기다리는 아이는 아니지만 이젠 적어도 수영을 무서워하지는 않는다. 앞으로 학교에서 수영 수업을 안 한다고 해도 계속 수영장에 데려가볼 생각이다. '물에 빠져 죽는 것' 같은 말은 지극히 로칸다운 말이다. 로칸은 종종 최악의 상황을 상상한다.

얼마 전에는 우리 집 정원의 울타리에 가시철사를 칠 수 있겠냐고 물었다. 나는 놀라지 않았다. 아이가 작년 크리스마스에 원한 선물은 아이패드와 가시철사, 레이저 총이었다.

"왜 우리 집 울타리에 가시철사를 쳐야 한다고 생각해?" 내가 물었다.

아이는 밝고 명랑하게 대답했다. "여우가 아이를 공격했어. 텔레비전에서 봤어. 정원에 가시철사를 쳐야 여우가 못 들어오지. 나와 제시와 릴리를 보호해야 한다고."

알았어, 로칸. 그런데 왜 다른 식구들에 대한 이야기는 없는 거니.

10장

# 버티며 꾸준히 나아가다

2012년 9월, 로칸의 여덟번째 생일 기념으로 체스터의 역사 관광지들을 돌아보기로 했다. 이번에는 차를 타고 고속도로를 질주하는 대신, 다른 풍경을 볼 수 있고 움직일 공간도 있어 덜 지루할 기차 여행을 택했다. 박물관과 유적지를 좋아해서 아이들과 로마 유적이 있는 곳들을 찾아 여기저기 이동하며 구경했다. 다행히 날씨도 도와주어 강변의 벤치에 앉아 아이스크림을 먹을 수 있었다.

그러다 로마 통치 기간의 유물이 많은 그로스브너 박물관에 도착했는데 리셉션 데스크의 여직원이 사내아이들을 보더니 지금 서두르면 로마 검에 관련된 설명회를 볼 수 있다고 말해 주었다. 로칸의 군대에 대한 집착을 잘 알기에 좋은 기회다 싶었다.

커다란 홀에 가이드가 서 있고 탁자에는 로마시대의 무기들이 놓여 있었다. 가이드는 인사말을 짧게 한 후 무기와 갑옷들을 설명했다. 그들은 질문을 하는 소년 관객들에게도 무척 친절했다. 루크는 이제 키가 제법 커서 갑옷을 직접 걸쳐보기도 하고 진짜 로마시대 검을 들어보기도 했지만 아직 덩치가 작은 여덟 살 로칸은 나무로 된 검을 들어보았다.

잠시 이야기를 나눈 다음 칼을 돌려주고 가이드에게 고맙다고 인사했다. 다른 곳으로 발길을 돌리려는 찰나, 번개같이 빠른 로칸이 커다란 무쇠 검을 잡더니 상상의 적을 향해 앞으로 돌진했다. 정말 잽싸서 어느 누구도 막을 수도 없었다. 가이드의 얼굴은 새하얗게 질렸다. 겨우 그 검을 받아내 돌려주니 가이드는 그것이 이 박물관에서 가장 오래된 검이며 절대 시범 삼아 흔들어보는 것이 아니라고 설명했다. 이제까지 수없이 많은 설명을 했고 수많은 어린이들을 만났지만 로칸처럼 잽싼 아이는 난생 처음이라고!

우리는 드와 로마 시대 체험관Dewa Roman Experience에 갔다. 로마 요새 안에 로마 시대 거리와 막사와 목욕탕, 술집과 시장과 판매대까지 그대로 재현한 곳이었다. 아이들이 배의 부엌 모형 안으로 들어가면 로마의 노 전문가가 이들의 '여행'을 가이드해주었다. 헬멧과 갑옷을 착용해볼 수 있어서 더욱 재미있어 했다.

로칸과 박물관을 다니는 일은 꽤나 흥미진진한 체험이다. 전시물 사이를 쏜살같이 다니면서 특별히 관심이 가는 것 앞에서는 매우 집중한다. 그리고 선물 가게에서 항상 칼을 사달라고 조른다. 그래서 집에 꽤 그럴듯한 칼 컬렉션이 있다.

로칸은 역사적 인물을 흉내내는 것도 무척 좋아한다. 학기 중 짧은 방학에는 며칠 동안 딕 터핀Dick Turpin, 18세기 전설적인 노상강도로 35세에 교수형 된 이후에 영국 문화에서 영웅적으로 미화되었다처럼 옷을 입고 마스크와 모자를 쓰기도 했다. 커서 꼭 노상강도가 되겠다는 포부를 밝히기도 했으며 유튜브에서 '호러블 히스토리Horrible Histories' 중 딕 터핀 편을 연속해서 보기도 했다. 나도 옆에서 듣다 그 주제가를 외울 지경이었다! 아이는 우리 앞에 갑자기 나타나 소리를 지른다. "꼼짝 말고 가진 것을 다 내놓아라."

어느 날엔 새벽 5시부터 딕 터핀으로 변신한 뒤, 무섭다면서 아침 먹으러 1층까지 같이 내려가달라고 요구했다. 자기가 노상강도 분장을 했음에도 불구하고 말이다. 이 게임을 하는 동안 제시는 언제나 그의 충직한 시종이나 말 역할이다. 로칸은 베스Bess, 딕 터핀의 말 이름라는 이름을 싫어해서 제시를 블랙 베셀이라고 불렀다.

우리 집에서는 생일을 중요한 가족 행사로 만드는 편이다. 보통 케이크를 사서 가족 모두 엄마의 집에 가서 함께 보내거나 근교로 소풍을 간다. 이번에는 집에서 멀지 않은 임페리얼 전쟁기념관Imperial War Museum North으로 모두 떠났다.

한 번은 데이비드가 아이들을 데리고 임페리얼 전쟁기념관에 갔는데, 중간에 한 남자가 다가와 간단한 설문조사를 하고 싶다고 했다. 전자기기들과 애플리케이션에 관한 내용으로 대략 '아이패드를 갖고 있습니까?' 같은 종류의 질문이었다.

그중에 이런 질문이 있었다. "올해 얼마나 많은 애플리케이션을 다운로드 했고 얼마의 금액을 썼습니까?" 루크가 대답했다. "두 개요. 올해 제 생일 선물로 받았어요."

그때 갑자기 로칸이 불쑥 끼어들더니 아주 큰 소리로 외쳤다고 한다. "전 73개예요!" 당연히 데이비드는 무척 놀랐다.

로칸이 행사를 주관할 때가 많다보니 제시도 생일 선물을 하나 챙길 수 있었다. 2012년 제시의 두 살 생일에 우리는 모두 엄마 집에 모여 생일 파티를 했다. 제시는 수많은 선물에 둘러싸였고 식구들이 돌아가면서 제시를 안았다. 그날 제시는 아주 털이 촘촘히 달린 인형 쥐를 받았다. 그 인형을 항상 갖고 다니거나 긴 소파 위에 숨기기도 했다. 안타깝게도 제시에게는 엄지가 없다보니 로칸이 대신 선물을 풀어주고 하나씩 보여주며 같이 기뻐했다. 또한 로칸은 우리 모두가 제시에게 '생일 축하합니다'를 불러주어야 한다고 주장했다. 로칸은 그저 씩 웃고 서 있기만 할 뿐 함께 노래하지는 않았다. 제시는 대체 무슨 상황인가 싶어 놀란 듯 눈을 동그랗게 뜨고 있었다.

반면 로칸 본인에게는 조용한 생일 파티가 더 어울렸다. 남들이 하는 일반적인 생일 파티는 로칸에게는 여러 가지 도전이 될 수 있기 때문이었다. 모르는 사람을 초대하는 것이나 그에 수반되는 여러 사회적인 상황들을 이해하지 못할 수 있다.

1월에는 어린이집에 다닐 때 로칸을 무척 챙겼던 친구인 엘라를 위한 송별 파티를 해야 했다. 엘라는 호주로 이민을 가게 되었는데 로칸과 굉장히 잘 지내던 아이였기에 우리도 무척 섭섭했다. 그런데 파티가 거의 끝날 무렵, 두 여자아이들이 장난처럼 로칸을 발로 차는 장면을 목격했다. 심한 것도 아니었고 분명 악의는 없었기에 내가 개입하지는 않았지만 나중에 로칸에게 어떤 상황이었는지 물어보자 로칸은 그냥 괜찮다고만 했다.

"그냥 발차기 인사라니까." 아이는 꽤 단호한 어투로 말했다.

여자아이들은 그것이 헤어질 때 친구끼리 하는 우정의 표시라고 말했고 로칸은 그들의 말을 그대로 믿은 것이다. 그래도 이유가 뭐가 되었건 친구를 발로 차는 것은 나쁜 일이라고 설명했다. 그 장면을 본 이후 나는 과연 로칸에게 어떤 일들이 일어나고 있는지, 혹시 로칸이 그것을 당연한 행동으로 받아들이고 있는 건 아닌지 알고 싶었다. 참으로 파악하기 어려운 부분이었다.

로칸은 학교에 잘 다닌다. 선생님 말씀도 잘 듣는 착한 아이다. 공부도 제법 잘한다. 행복한 초등학생 소년이다. 그래도 내가 모르는 어떤 일이 일어나고 있지 않을까? 아스퍼거 증후군 아동들은 사람들의 의도를 해석하지 못하는 경우가 많고, 한 살 한 살 나이를 먹을수록 학교에서 그런 행동들이 문제가 될 수 있다.

한 달 후 2013년 밸런타인 티 댄스 티켓 판매가 시작되었다.

로칸은 지난 크리스마스에도 디스코 파티에 갔었고 무척 좋아했기에 이번에도 아이의 의사를 물어보았다.

"난 가기 싫어!" 아이가 말했다.

"왜? 엄마는 네가 학교 디스코 파티를 좋아하는 줄 알았는데?"

"여자아이들에게 키스해야 된단 말이야!" 로칸의 목소리에는 거부감이 잔뜩 묻어났다.

하기 싫으면 키스하지 않아도 된다고, 그냥 친구들과 재미있는 시간을 보내는 행사라고 설명하려 했지만 아이는 계속 가기 싫다고만 했다. 어쩌면 누군가 로칸에게 거기서 꼭 키스를 해야 된다고 말했을 것이고 로칸은 위험을 감수하고 싶지 않았을 것이다.

2012년 12월, 캣츠 프로텍션에서 우리 집 근처에 있는 '펫츠 앳 홈Pets at Home'에서 자선 모금 행사를 주최한다는 소식을 들었다. 그들에게 연락해서 제시를 데리고 가겠다고 하자 무척 기뻐하며 포스터까지 준비해주었다. 제시를 이동가방에 넣고 로칸과 함께 갔다. 개들도 들어갈 수 있다는 걸 알았기에 고양이 가슴 줄도 미리 준비해서 묶어서 데리고 다니기로 했다. 제시는 이제까지 가슴 줄을 한 번도 해본 적이 없었지만 그래도 꽤 잘 견뎠다.

제시는 매장을 돌아다니며 탐험하고 냄새도 맡아보고 혼자 재미있게 놀았다. 로칸도 줄을 꽉 잡고 제시를 잘 데리고 다녔지만 딱 한 번 제시가 커다란 개집에 들어가는 바람에 로칸을 도와 제시를 꺼내와야 했다. 물론 로칸은 이 상황이 우스워 죽겠다는 듯이 말했다. "엄마, 제시가 개를 흉내내고 있어!"

몇 분 후 로칸은 제시를 데리고 나가더니 옆 가게로 탐방을 가려고 했다. 하는 수 없이 내가 가슴 줄을 붙잡고 있을 수밖에 없었다.

제시는 사람들이 호들갑을 떨며 귀여워해주는 것을 즐기는 듯했고, 캣츠 프로텍션 자원봉사자들과 모르는 사람들에게도 마음놓고 안겼다. 모두들 도도한 외모와는 달리 친근한 성격을 가진 제시에게 반해버리고 말았다.

제시가 상을 받은 지 8개월 후인 3월에 또 〈제레미 바인의 BBC 라디오 2 쇼〉의 프로듀서에게 연락이 왔다. 그는 선택적 함구증에 대한 프로그램을 만들기 위해 자료 조사를 하다가 우리가 나온 〈브렉퍼스트〉 방송을 보았고 도움을 구한다고 했다.

또다시 미디어시티UK의 다른 건물에 가게 되었다. 하지만 도착해보니 아무도 인터뷰에 대해서 몰랐다. 사람들이 여러 곳에 전화를 돌리다가 결국 런던에 있는 프로듀서에게 전화를 했다. 그런 다음에야 인터뷰를 위한 작은 방으로 안내되었는데 내 차례가 될 때까지 30분 정도 더 기다려야 했다. 이 과정에서 스트레스를 받긴 했지만 그래도 어떻게든 선택적 함구증에 대한 인식을 넓히는 것이 중요하기에 그 기회를 거절할 수는 없었다. 인터뷰가 끝나고 데이비드를 만나서 차분하게 점심을 먹으니 긴장이 풀렸다. 이제 인터뷰가 익숙해질 만한데도 할 때마다 긴장되고 떨려서 몸이 아프기까지 하다.

방송에 출연하고 로칸이 아스퍼거 진단을 받은 후에 나는 자폐 아동들을 돕기 위한 자선단체인 '하트 앤 마인드 챌린지Hearts and Minds Challenge(heartsandmindschallenge.org)'를 위해 몇 번의 인터뷰를 했다. 첫번째로 라디오 맨체스터 인터뷰는 〈제레미 바인의 BBC 라디오 2 쇼〉에 나가기 몇 주 전에 했다. 나는 자폐 스펙트럼 장애 아동을 일반 학교에 보내는 것에 대해서 이야기했다. 하트 앤 마인드 챌린지의 모니크가 나와 함께 가주어서 훨씬 수월하게 마칠 수 있었다. 이 외에도 여러 개의 잡지 인터뷰를 했는데 그중에 하나는 전국 7천 개의 초등학교에 뿌려지는 잡지 인터뷰였다. 일반 학교 교육을 받는 아스퍼거 아동들에 대한 이야기를 주로 했지만 선택적 함구증에 대해서도 언급했다.

사실 따지고 보면 내가 이 두 가지 증상을 대중적으로 알릴 수 있는 기회를 갖게 된 것도 다 제시 덕분이다. 다시 한번 우리 집의 보물, 제시에게 감사할 뿐이다.

로칸의 선택적 함구증은 대부분의 부모들은 상상도 하지 못할 문제를 야기한다. 예를 들면, 시력 검사처럼 일상적인 일도 아이가 숫자나 글자를 큰 소리로 말하지 않기 때문에 까다로운 과제가 된다.

최근에 안경점에 갔을 때 로칸은 처음부터 끝까지 한 번도 소리를 내지 않았고 웃지도 않았다. 검안사가 편안하냐고 물어보았다. 로칸은 어두운 얼굴로 고개를 저었다. 검안사는 〈제레미 바인의 BBC 라디오 2 쇼〉에서 선택적 함구증에 관한 인터뷰를 들었던 탓에 로칸을 충분히 이해해주었다. 그는 아주 인내심 있게 로칸에게 방금 본 글씨나 숫자를 허공에 손가락으로 써보게 해 무사히 시력 검사를 마칠 수 있었다. 그도 선택적 함구증 어린이를 만나 시력 검사를 한 것은 이번이 처음이라고 말했다.

이 검안사는 로칸의 시력을 매우 꼼꼼하게 체크했고 아무래도 학교 수업시간에는 안경을 쓰는 편이 낫겠다고 말했다. 로칸은 안경을 쓰게 된다는 사실을 반기지 않았다. 기분이 좋은지 물으니 입을 꾹 다물고 단호하게 고개를 저었다. 그래도 실제로 안경이 나온 후에는 사실을 인정하고 받아들여서 교실에서는 안경을 쓰고 안경을 쓰지 않을 때는 케이스에 잘 넣어 보관하고 있다.

치과 방문도 보통 일이 아니다. 최근 로칸은 형에게 먼저 검사를 받게 하더니 자기 차례가 되자 싱글벙글 웃으며 의자에 뛰어 들어가다시피 앉았다. 치아 검사를 받을 때는 계속해서 다리를 움직였는데 그건 분명 불안하다는 표시였다. 검사를 하던 치과의사는 로칸이 조금 더 크면 교정을 해야 할지도 모른다고 말했다. 로칸은 그 말을 듣는 즉시 과장된 몸짓으로 의자에 등을 기대면서 고개를 푹 숙이고 나서 우스꽝스러운 '좌절' 표정을 지어 보였다.

검사가 끝난 후 의사가 의자를 낮추어주자 로칸은 자리에서 꿈틀거리면서 내려오더니 바로 그 의자 밑에서 기어들어가 온갖 선과 기구들 밑에서 꿈틀거렸다. 너무 빨라서 멈출 수도 없었다. 로칸은 치과에 들어갈 때부터 다시 우리 차로 올 때까지 단 한마디도 하지 않았다. 사실 로칸은 치과에서 늘 새로운 모습을 보여주긴 했었다. 더 어렸을 때는 루크과 같이 치과에 갔지만 로칸이 입을 아예 벌리지 않아서 의사가 입안을 볼 수가 없었다. 두 살 때는 의자에 앉히려고 하니 너무 소리를 질러서 아이가 소리지를 때를 틈타서 살짝살짝 입안을 들여다봐야만 했다.

처음으로 치과 의사 앞에서 자기 의지로 입을 벌린 건 다섯 살 때이지만 그때도 순조롭지는 않았다. 의자에 앉지 않겠다고 고집을 부려서 진료실 한가운데 그냥 서서 입을 최대한 크게 벌렸다. 분명 불안해 보였다. 입을 벌리고 있는 동안 계속해서 높은 소리의 비명을 질러댔다. 그래도 요즘에는 고분고분하게 의자에 앉아서 입을 벌린다. 하지만 말은 하지 않는다.

치과 의사와 검안사에게는 미리 설명할 시간이 있었지만, 아마 다른 사람들에게는 우리 아이가 고집 세고 못돼 먹은 아이로밖에 안 보였을 것이다. 나는 로칸이 모르는 사람들 앞에서도 말을 할 수 있게 된 것만으로도 큰 발전이라 생각하지만, 아마도 그렇기 때문에 가족 외의 다른 사람들에게 말을 안 한다는 사실이 더 나쁘게 비춰질 수 있다.

최근 가족 여행을 가기 위해서 여행사에 앉아 있었는데 아이는 여행 예약을 해주는 여직원 앞에서 나를 향해 재잘재잘 이야기를 했다. 그러다 그 직원이 로칸에게 무언가를 물어봤는데, 아이는 그 물음을 아예 무시해버렸다. 아주 어릴 때는 아무도 이런 모습 때문에 화를 내지는 않았으나 이제 사람들이 이렇게 생각하게 되는 시기가 찾아올 것이다. '이 애는 도대체 뭔데 대답도 안 하고 이렇게 버릇이 없지?'

5월에 동물병원에 릴리를 데리고 가서 예방 접종을 했다. 제시도 예방 접종을 한 지 오래된 것 같아서 예방 접종 카드를 보니 3월로 예정되어 있었다. 곧장 동물병원에 전화하니 제시가 마지막으로 주사를 맞은 것이 2011년이라고 했다. 급한 마음에 예약을 걸어놓고 뭔가 착오가 있던 거라 생각해 접종카드를 다시 꺼내 확인했지만 수의사 말이 맞았다. 제시는 2012년에 단 한 번도 예방 접종을 하지 않은 것이었다. 그동안 제시를 미디어시티UK니 학교니 캣츠 프로텍션에서 주최한 펫츠 앳 홈에서의 자선 모금 행사에 데리고 다니느라 바빠 이 점에 신경을 못 쓴 것이다. 겁이 덜컥 났다.

제시에게 백신 접종을 하기 위해 릴리는 또 한번 동물병원에 가야 했다. 로칸도 함께 갔다. 릴리가 먼저 진료를 받았고 제시는 이동가방 안에 있었다. 로칸이 계속 돌아다니며 물건을 구경하고 만져보고 문을 열었다 닫았다 하기에 로칸에게 할머니와 대기실에서 기다리라고 말했다.

제시는 검사를 받을 때 놀라 눈이 휘둥그레졌다. 몸을 축 늘이더니 귀를 뒤로 바짝 붙이고 얌전히 있었다. 아주 조용히 앉아 있었지만 누군가 여기저기 만지고 찌르는 걸 거북해하다가 자신의 이동가방 안에 다시 들어가니 안심하는 것 같았다.

집으로 오는 길 로칸은 이래저래 심란한 모양이었다. 자동차 뒷자리에 앉아 제시 눈치를 한참 살펴보더니 제시에게 물었다.

"너 괜찮니, 제시? 주삿바늘이 아프진 않았어?"

2012년 여름 햇살이 강했던 날, 아이들이 들어가서 놀 수 있게 정원에 로칸의 작은 텐트를 쳐주었다. 그러다 집을 살펴보는데 뒷문이 활짝 열려 있고 그 어디에도 제시가 보이지 않아 깜짝 놀랐다. "고양이 좀 찾아주세요!"라고 소리를 지르며 정원으로 달려와 제시를 찾기 시작했다. 제시의 이름을 부르며 마당을 뛰어다니는데 텐트 안에서 작은 목소리가 들렸다. 로칸 목소리였다. "아니야, 제시. 넌 포로니까 얌전히 감옥에 있어야 해." 로칸은 내게는 말도 안 하고 제시를 텐트에 가둬놓고 해적 놀이를 한 것이다. 같이 재미있게 놀고 있어 다행일 뿐이었다.

우리 아이는 아스퍼거 증후군이라는 공식 진단서를 받았고 아직 선택적 함구증도 겪고 있다. 학교에서는 이제 말을 아주 잘하지만 그것은 학교가 편안하고 친숙하기 때문이다. 그 외의 낯선 환경이나 장소에서는 입을 떼지 못할 때가 많다. 그래서 나는 아이가 초등학교라는 안전지대를 떠나 더 규모도 크고 복잡한 중학교에 진학했을 때 다시 퇴행할 거라는 생각을 갖고 있다. 이 문제는 우리와 미래의 교사들이 아주 조심스럽게 다루어야 한다. 아이는 분명히 괄목할 만한 성장을 보여주고 있지만 선택적 함구증을 완전히 극복한 건 절대 아니다.

로칸의 중학교 생활에 대한 걱정은 최근 친구와 페이스북으로 채팅을 하면서 더욱 구체적으로 다가왔다. 내 친구 크리스틴 맥클라린은 교사이며 특수 아동 교육을 공부했고 '베러 튜이션 bettertuition.co.uk'이라는 학원을 운영한다. 로칸의 중학교 진학 때문에 걱정이라고 투덜거리자 그녀는 내가 생각하는 이상적인 환경이 무엇이냐고 물었다. 나는 지역 학교에 로칸 같은 학생들을 위한 특수교육팀이 배치되길 바란다고 했다. 보통은 로칸에게 필요한 것들이 간과되기 때문에 십대까지도 학교에 스스로 적응을 해야 한다.

나는 "그러면 너는 학교가 아스퍼거 증후군 아동들을 위해 특수교육팀을 만들어줄 가능성이 어느 정도라고 생각해?" 하고 물었다.

그녀가 대답했다. "투자가 관건일 것 같아. 하지만 꼭 필요하지."

그녀는 맨체스터 근처 세일의 특수교육팀을 예로 들면서 특수교육 지원 전문가SENCo, Special Education Needs Coordinator에게 상담을 받아보라고 했다.

그녀는 또 말했다. “대안 교육도 알아봐. 포레스트 스쿨(야외나 숲에서 사람들이 모여 사회생활이나 기술들을 배우는 기관이다) 같은 것, 아니면 네가 직접 만들어보는 거야. 비슷한 아이 그룹을 짜서 같이 도움을 받아도 좋고. 로칸에게 맞는 플렉시 스쿨Flexi-school도 있을걸. 그런 건 내가 도와줄 수도 있어. 내가 운영하는 장소를 빌려줄 테니 자유롭게 사용해도 되고.”

그녀의 서포트 그룹 아이디어를 들으며 많은 생각을 했다. 얼마전 자폐 스펙트럼 장애가 있는 아들을 가진 친구와 이야기를 하다가, 우리가 나서서 그런 그룹을 만들어보는 것은 어떨지 이야기한 적이 있었다. 막상 하려고 보니 생각보다 훨씬 어려운 일이었기에 계획으로 끝나고 말았지만, 크리스틴이 합류하고 사업 공간을 제공해준다면 실현 가능성이 아주 없지는 않아 보였다.

우리는 일단 아이디어를 모았다. 이 그룹에는 두 가지가 꼭 필요하다. 첫번째는 로칸 같은 어린이가 전문가들도 결정적이라고 말하는 ‘조기 치료’를 받을 수 있게 돕는 것이다. 사교성과 의사소통 능력 등 아스퍼거 증후군 아이들에게 부족한 자질들을 가르친다. 두번째로 이미 청소년과 청년기가 된 아스퍼거 증후군 아이들에게도 무언가 필요하다는 점이다. 자폐 스펙트럼 장애를 가진 사람들의 가장 큰 문제가 우울증이라는 연구결과도 있다. 이들이 서로를 만날 수 있는 모임이 있다면 소외감도 덜 느끼고 정신적으로 건강해질 것이다.

우리는 일단 회의를 열어보기로 했다. 여러 사람들에게 이메일을 보내고 트위터와 페이스북에도 공지하면서 본격적으로 일을 벌였다. 특히 자폐 진단서가 꼭 필요하지는 않다는 점을 명시했다. 많은 어린이들이 진단을 받는 데 몇 년씩 걸리고 또 우리 아들 아담처럼 십대 중반까지도 진단을 받지 않았을 수도 있기 때문이었다. 우리는 이 스펙트럼의 가장자리에 있는, 고기능 자폐 아이들이나 사교 능력이 부족한 아이들을 돕고 싶었다.

수많은 아이들이 로칸처럼 진단을 받고도 적기에 전문적인 도움을 받지 못한다. 시기를 놓쳤을 때 아이에게 어떤 일이 일어나는지는 누구보다 잘 안다. 나는 주장도 강한 사람이고 아들을 위해 싸울 준비가 되어 있다. 하지만 나와는 달리 아이들이 어떤 식으로 변할지 전혀 모르는 부모들이 많을 것이다. 우리는 그들을 돕고 싶었다.

그 주에 나는 우리 지역 하원 의원인 케이트 그린의 선거구 사무실의 공정무역 커피 모임에 참석했다. 이 그룹에 대해 언급하자 의원은 무척 관심을 보였다. 아이디어를 들더니 필요하다면 이 프로젝트를 지지하겠다고 말했다. 든든한 우리 편을 갖게 되어 참으로 다행이었다.

운이 따르려고 했는지 마침 우리 맞은편 방에 지역사회 문제에 다양하게 참여하고 있는 운동가인 조지 데블린이 보였다. 조지도 아이디어를 들더니 참여하겠다고 했으며 곧 다른 시의원들도 지원 의사를 밝혔다. 그중 조안 하딩 시의원은 우리 위원회에서 함께 활동하기로 했다.

진행에 탄력이 붙자 트래퍼드 의회에 이메일을 보내 우리 계획을 알리고 부활절에 모임을 가졌다. 또 하트 앤 마인드 챌

린지 자선단체의 회장인 이안 맥그래스는 앞으로 우리 모임에서 강의나 교육을 해주겠다고 약속했다.

첫번째 모임은 크리스틴의 학원에서 열렸다. 세부적인 계획이 부족해 얼마나 많은 인원이 올지 예상하지 못했는데 그날 저녁은 발 디딜 틈도 없이 붐볐다. 끝도 없이 부모님들이 들어와 준비한 의자가 부족했다. 그날 우리를 도와주려던 아담도 학부모에게 자기 의자를 양보하고 크리스틴과 밖에 앉아 있어야 했다. 하딩 의원도 도착했지만 자리가 없어 일찍 떠났다.

로칸과 비슷한 나이의 아이를 둔 부모부터 십대 후반의 자녀를 둔 엄마들까지 있었다. 나오는 이야기들이 비슷했다. 모두 현재의 교육 시스템과 씨름하고 있었고 도움을 받지 못하고 있었다. 십대 초반과 후반의 아이들 중에 그래머 스쿨에 다니는 아이들도 많았다. 그 애들은 중등교육자격시험GCSE에서 우수한 성적을 얻을 정도로 똑똑하지만 학교에서는 대체로 우울해하며 교우관계 형성을 힘들어한다고 했다. 우리는 의미 있는 대화들을 나누었고 이런 모임이 정기적으로 필요하다는 생각에 한 달 후에 다시 만나기로 했다.

다음 모임도 대성공이었다. 다행인지(어떤 면에선) 첫번째 모임 참가자 중 여덟 명이 빠졌고 한두 명의 새로운 얼굴이 보였다. 우리는 다시 한번 아이디어를 교환했다. 조지 데블린은 이 모임을 위한 투자를 요청했고 국립자폐협회도 우리를 위해 발언을 해주기로 했다.

협동과 공존은 큰 힘이 된다. 한 할머니는 아기돌보미를 자원했고 최면 요법을 공부한 한 부모는 근육의 긴장을 푸는 방법을 가르쳐주겠다고 했다.

나아가 몇 사람은 조금 더 깊이 공부를 하여 아이들을 돕겠다고 했다. 아담 역시 십대를 위한 서포트 그룹에서 활동하도록 힘을 썼다. 아담은 이 부분에서 경험이 많고 공유할 수 있는 것들이 많다.

이 모임을 시작한 이후 트래퍼드에 성인 자폐 담당 전문가가 있다는 사실을 알게 되었다. 아담은 평생 트래퍼드 주민이었고 6년 전 진단을 받았음에도, 이 정보를 한 번도 들은 적이 없다는 게 안타까웠다.

성인 자폐 담당 전문가는 18세 이상 자폐 청년을 위해 해줄 수 있는 모든 일들을 이야기해주었다. 듣고 있으니 더 속이 상했다. 그녀가 예로 들어 알려주는 모든 것들이 로칸에게 해주고 싶은 것들이었다. 사회생활 기술, 의사소통 능력, 자기주장 방법들 말이다. 왜 이런 것들은 어른뿐만 아니라 어린이에게도 가르치려고 하지 않는 걸까?

요즘은 — 이 글을 쓰는 지금 — 저녁에 아이를 맡기고 오기 힘든 부모들이 낮시간대 소모임을 기획하고 있다. 우리는 함께 힘을 모아 팀을 꾸려간다. 회원들에게 매달 이메일로 소식지를 보내는 등 지원 방법도 늘려가고 있다. 우리가 자폐 어린이와 그 가족이 처한 어려움에 도움이 되는 무언가를 하고 있다고 생각하면 무척 기분이 좋고 어깨도 가벼워진다.

로칸은 자주 키득거리고 참 잘 웃는다. 한번은 학교가 끝나고 집에 오더니 나에게 이런 말을 한다. "엄마, 나 유머 감각을 잃어버린 것 같아요. 학교에서 웃을 수가 없어. 아무것도 안 웃겨요." 하지만 아이의 얼굴에 늘 준비된 미소와 장난기가 있으니 그런 일은 일어나지 않을 것 같다. 아이는 난처하거나 문제가 있어도 웃는다.

로칸은 형 루크와 싸워서 혼날 때가 많다. 지난번에는 약간 혼을 냈더니 아주 귀엽게 웃더니 날 방해하려는 듯 속눈썹을 깜박깜박하며 애교를 부렸다.

"너 혹시 학교에서도 혼나면 이렇게 하는 거니? 선생님한테도 이러면 통해?" 내가 물었다.

"난 학교에서 말 잘 듣는데. 한 번도 안 혼났어요. 엄마는 잘못된 이유로 날 혼내니까 그렇지." 그리고 요란하게 웃어대더니 한마디를 보탰다. "싸운다는 이유로 혼나서는 안 돼요. 왜냐면 나는 날 보호해야 하고 수비해야 하니까." 이러면 계속 화낼 수가 없다. 지난번에는 로칸이 릴리를 괴롭히고 있어서 엄하게 말했다.

"로칸, 그만해. 너 그러면 심부름시킬 거야."

로칸은 키득거리며 말했다. "안 돼, 안 돼. 안 돼. 미스 트런치불! 동화 『마틸다』의 괴팍한 교장 선생님" 그러더니 그날 오후에 내가 안 볼 때 정원 울타리 밖으로 물풍선을 던졌다. 그리고 옆집 정원으로 몰래 들어가 그 집의 나무망치를 가져오기도 했다.

제시도 언제나 유머 감각을 자랑할 준비가 되어 있다. 제시는 로칸이 잠을 자려고 하면 슬쩍 침대로 들어간다. 창문을 보거나 장난감을 갖고 놀다가 로칸의 침대로 뛰어든 다음 이불 속으로 파고든다. 로칸이 잠잘 시간에 이러는 건 바람직하지 않다. 꼬리로 로칸을 자꾸 간질여서 로칸은 계속 웃게 되고 결국 늦게까지 잠들지 못하기 때문이다.

제시의 보호자인 로칸은 언제나 과도한 상상력으로 제시의 위험을 예측하기도 한다. 어느 날은 1층으로 뛰어내려오더니 숨이 턱까지 차서 말했다.

"도와주세요! 빨리! 제시가 라바 램프를 킁킁거리고 있는데 만지지 말라고 하세요. 위험하잖아요! 제시를 구해줘요!" 이 고양이는 로칸 방에 있는 라바 램프를 감싸고 있었고 내가 제시를 램프에서 떼어내자 로칸은 유난을 떨며 제시를 달랬다.

"제시, 괜찮아? 그건 정말 위험한 거야. 알았지? 앞으로 그러면 안 돼?"

다른 고양이들과 달리 제시는 물을 좋아하는 편이라 로칸이 욕조에서 목욕을 하고 있으면 옆에 앉아 있기도 한다. 하지만 제시가 혀로 몸을 핥으며 닦으려고 하면 로칸은 말한다.

"제시, 너 몸 핥지 마. 전혀 위생적이지 않다고!"

2013년 3월 로칸은 마침내 컵 스카우트로 진급했다. 이미 몇

달 전 비버 스카우트를 졸업했지만 딱 한 번 가보더니 스트레스를 약간 받는 것 같았다. 루크는 이제 정식 스카우트가 되었지만 리더들이 몇 주는 동생 로칸과 같이 가보라고 해서 우리 불쌍한 형 루크는 몇 달 동안 컵 스카우트와 정식 스카우트를 둘 다 다녀야 했다. 나는 고생하는 루크에게 용돈을 더 얹어주었다.

로칸은 마침내 스카우트에 입단할 준비가 되었다고 말했다. 하지만 이번에도 일어나 선서를 해야 했기에 걱정이었다. 그날 얼마나 노심초사했던지 카메라까지 잊어버리고 챙겨가지 않았다. 행사가 끝나기 몇 분 전에 도착해서 자리에 앉았다. 루크가 포함된 스카우트 단원들이 둥그렇게 서서 공식 스카우트 선서를 하고 있었다. 보통 부모는 이 순서는 보지 않고 밖에서 끝나기를 기다리지만 우리는 일부러 아이들이 인사하고 들어가는 것을 보았다.

선배 스카우트들이 입단한 소년들을 아켈라Akela, 컵 스카우트의 성인 리더, 대장에게 데리고 갔고 로칸도 친구 조지와 함께 올라갔다. 두 소년 모두 만일의 경우에 대비해 컵 스카우트 선서문을 종이에 적어 갔다. 로칸과 조지는 같이 선서를 했다.

곧이어 우리의 귀에 로칸의 목소리가 들렸다! 아주 똑똑하고 분명하게! 이런 상황에서 로칸이 소리를 내어 말한 것은 처음이었다. 우리는 그저 가슴이 떨리고 코끝이 시큰할 뿐이었다.

조지의 엄마가 씩씩한 두 친구의 모습을 사진으로 찍어주었다. 로칸을 축하해주기는 했지만 이런 상황에서 말한 것이 지극히 자연스러운 행동이라는 느낌을 주기 위해 과하게 칭찬하지는 않았다. 집에 오니 제시가 문 앞에서 기다리고 있었고 로칸은 그대로 바닥에 앉아서 제시에게 최신 뉴스를 전해주었다.

"제시, 나 오늘 뭐 했게? 난 이제부터 컵 스카우트야!" 아이가 자랑스럽게 말했다. "그리고 나 입단했어. 그게 무슨 말인지는 잘 모르겠지만 말이야."

5월에 스카우트 캠프가 있다는 내용의 안내문을 받았다. 로칸은 가고 싶지 않다는 의사를 밝혔고 나도 놀라지는 않았다. 로칸은 수많은 밤을 형 루크 방에서 함께 잤고 나와 형이 없이 혼자 자는 건 생각하기도 싫어했다. 알고 보니 그 캠프는 정기 모임을 하는 장소인 스카우트 HQ에서 딱 1박을 하는 캠프였다. 로칸은 가고 싶다고 했고 진짜 그렇게 된다면 좋겠지만 사실 나는 별 기대는 하지 않았다.

얼마 후 로칸은 그 캠프 이야기를 꺼내며 가고 싶지 않다고 말했지만 난 무시하고 넘어갔다. 캠프는 아직 몇 주나 남아 있었고 그사이에 또 마음이 바뀔지 몰라서였다. 날짜가 다가오면서 아이들이 캠프에 대해서 이야기하자 로칸은 굉장히 예민해졌다. 캠프 전 마지막 정기 모임에서 대장들에게 물어보니 로칸은 학교 친구들과 같은 텐트 안에서 자게 될 것이고 만약 문제가 있으면 바로 전화를 주겠으니 안심하고 아이를 보내라고 말했다.

캠프 당일, 나에겐 시장이 주최하는 파티에 참석할 수 있는 티켓이 있었지만 로칸 때문에 계속 불안했다. 하지만 로칸을 위해 좋은 일이라 생각하기로 했다. 루크는 경험 많은 스카우트로 캠프를 수없이 갔었기 때문에 충분히 로칸을 준비시켜줄 수 있을 것이었다. 그날 우리는 로칸의 침낭과 잠옷, 칫솔을 챙겨주었다. 로칸은 혹시 모르니 손전등은 꼭 두 개를 넣어달라고 당부했다. 그날 오후 로칸을 데려다주러 갔다가 운동장을 보니 텐트 말뚝과 함께 최신식 텐트와 옛날식 텐트가 같이 섞여 있었다. 로칸은 그때 마침 『페이머스 파이브』라는 책을 읽고 있었기에 나는 옛날식 텐트를 가리키면서 페이머스 파이브가 저런 곳에서 잤을 거라고 말해주었다.

같이 들어가 서명을 한 다음 로칸을 친구들 곁에 두고 나왔다. 아이는 우리가 떠날 때 불안한 표정을 짓긴 했지만 그래도 친구들과 같이 있는 걸 택했다. 난 그때 아이가 충분히 친구들과 즐거운 시간을 보낼 것이며 캠프 자체를 즐길 거란 예감이 들었다. 가끔 하루쯤 집이 아닌 다른 곳에서 자보는 것도 나쁘지 않을 경험이 될 것 같았다. 5학년 때는 학교에서 단체 수학여행도 갈 테니 말이다.

나는 데이비드에게 혹시라도 무슨 일이 있을지 모르니 꼭 핸드폰을 곁에 두라고 신신당부하고 파티에 갔다.

다음날 아침 정확하게 오전 10시에 로칸을 데리러 갔다. 다행스럽게도 아이는 잘 놀고 있었다. 전날 밤에 캠프파이어도 하고 직접 불을 피워 아침도 만들어 먹었다고 했다. 로칸은 친구들과 새벽 1시까지 떠들고 장난치면서 놀았다고 자랑했다. 불쌍한 대장들은 한숨도 못 잤을 테지만.

로칸은 무척 재미있었다고 말했지만 집에 와서야 비로소 안심하는 것 같았다. 집에 오자마자 불쌍한 릴리의 엉덩이를 한 대 퍽 하고 쳐주고 제시에게는 다정하게 속삭이며 쓰다듬어주었다. 피곤해 보이긴 했어도 기분이 좋은 걸 보니 즐겁게 놀고 온 것이 틀림없었다. 다음에 조금 더 긴 캠프가 있다고 해도 참여한다고 할 것 같았다.

입단식 한 달 후 로칸의 자신감을 시험할 또하나의 행사가 열렸다. 학교에서 로마에 대해서 배우고 있었고 — 로칸이 가장 좋아하는 과목이었다 — 아이들이 모여서 이 주제로 학급회의를 한 후 연극을 하기로 했다. 로칸은 대사가 있는 로마 병사 역을 맡았다. 로칸은 대사를 열심히 외우고 연습을 했다. 연극을 하기로 한 날짜가 하루하루 다가올수록 아이가 불안해하는지 유심히 관찰했다. 보통 불안하면 잠을 잘 못 자거나 쉽게 짜증을 내곤 했는데 그런 모습은 전혀 보이지 않았다. 로칸은 대사를 술술 외웠고 그런 자기 자신이 자랑스러운 것 같았다.

연극하기 며칠 전 솔직히 떨리지 않느냐고 물었다. "아니요. 안 떨려요." 로칸은 분명히 말했다. "연극 정말 기대되는데."

연극 전날 학교로 찾아가서 선생님에게 어떤 의상과 소품이 필요하냐고 물었다. 버나드 선생님은 토가고대 로마 시민이 입은 헐렁한 겉옷로 입힐 흰 천이 필요하다고 했고 소품인 칼이 좀 부족하다고 했다. 칼이라니! 그것이야말로 자신 있게 협찬해줄 수 있는 분야였다! 앞에서도 말했지만 로칸은 온갖 종류의 칼을 모으는 칼 수집광이다. 로칸에게 친구들에게 칼을 빌려줄 수 있겠냐고 물어보니 흔쾌히 승낙했다. 사실 이전까지 로칸은 학교에 자기 물건을 가져갔다가 망가지거나 잃어버릴까봐 제 물건 가져가는 걸 굉장히 꺼리는 편이었다.

우리는 해적 단검에서부터 해리 포터의 그리핀도르 모델까지 다양한 검 컬렉션을 뒤졌다. 그중에서 적당한 몇 개를 신중히 골라 학교에 가져가기로 했다.

연극 전날 로칸은 평소와 비슷하게 잠이 들었다. 30분쯤 후에 혹시 아이가 잠 못 자고 말똥말똥하게 깨어 걱정하고 있는 건 아닐까 싶어 살짝 방으로 들어가보니 쿨쿨 잘만 자고 있었다.

다음날 아침 일찍 아이는 상쾌한 얼굴로 일어났고 노래까지 흥얼거리며 학교에 갔다. 요즘 즐겨 하는 게임인 마인크래프트에 나오는 멜로디였다. 손을 흔들어주니 활짝 웃어보였다. 학교 앞에서 로칸의 담임 선생님인 버나드 씨가 나에게 다가와 살짝 말을 건넸다.

"이번 주 내내 연습했는데 그때마다 대사를 얼마나 잘 외웠는지요. 그래도 관객이 있을 땐 다를 수도 있어서 조금은 걱정이네요."

나는 오전 시간 내내 초조했다. 이제까지 로칸이 연극에 참여한 적은 많았지만 줄곧 대사가 없는 역할이었다. 그래서 특히 기대 반 걱정 반이었다. 불안해하고 있던 차에 마침 다른 엄마가 같이 가자고 해서 함께 차를 타고 학교로 향했다. 앞자리를 맡으려고 일부러 일찍 갔는데 아이들의 부모는 물론 할아버지 할머니까지 와서 뒷자리까지 꽉 찼다. 강당에 전교생과 교사가 모였다. 이제 3학년이 무대 위에 올랐다. 교장 선생님인 오코너 씨가 반을 소개했고 연극이 시작되었다.

로칸은 무대에 서서 계속 우리를 보고 웃었다. 로칸은 자기가 서 있을 때부터 무대 중앙으로 걸어가는 것까지 꼭 비디오로 찍어달라고 부탁해서 나는 캠코더를 들고 녹화 버튼을 누를 준비만 하고 있었다. 연극 내내 우리 아이 차례가 언제인지만 집중했다. 솔직히 다른 아이들의 대사는 하나도 귀에 들어오지 않았다.

역사적인 순간이 다가왔다. 로칸이 일어나더니 다른 소년과 앞으로 걸어 나왔다. 캠코더를 켜고 기다렸다. 다른 아이가 말을 했다. 이제 로칸의 차례다. 나는 숨을 훅 하고 들이쉬었고 심장은 요동쳤으며 입도 바짝바짝 말랐다. 바로 그때 로칸은 입을 열었다. 로칸은 자기 대사를 외웠다. 아주 정확하고 아름답게.

눈물이 볼을 타고 흘러내렸지만 꾹 참으며 아이를 향해 활짝 웃어주었다. 아이는 조금 긴장한 것 같았지만, 표정이 참 좋아 보였다. 약간은 산만했고 자기 자리에 가서 앉을 때 손으로 입을 가리고 웃기도 했다. 아이는 해냈다! 해낸 것이다.

나중에 대사 한 줄이 더 있었지만 너무 빨리 지나가서 녹화를 할 수가 없었다. 그 대사 또한 실수 하나 없이 깔끔하고 완벽하게 처리했다.

마지막 인사까지 다 끝나자 교장 선생님과 로칸의 담임 선생님인 멜러 씨가 찾아왔다. 멜러 씨도 눈물이 났다고 고백했고 오코너 씨는 모든 교사들이 로칸이 대사를 할 때 숨을 죽였다고 했다. 버나드 씨도 참 즐거워 보였다. 로칸의 선택적 함구증에 대해 알고 있던 수많은 다른 학부모들도 우리를 축하해주었다. 참으로 행복했다. 집에 오니 로칸은 신이 나서 어쩔 줄 모르고 혼자 노래도 하고 휘파람도 불었다. 아이패드로 게임을 좀 하더니 비디오를 틀어주자 앉아서 계속 웃으면서 자기가 연극하는 모습을 보았다.

데이비드와 나는 사람으로 꽉 찬 강당의 무대에서 아이가 큰 소리로 연극을 했다는 사실이 실감나지 않았다. 로칸은 알고 있을까? 자신이 정말 대단한 일을 해냈다는 걸. 제시가 우리 집에 오기 이전이었다면 감히 꿈도 꾸지 못할 일이었다.

눈에 넣어도 아프지 않을, 우리 집 귀염둥이 막내아들 로칸이 그날따라 더욱 예쁘고 자랑스러웠다.

## 에필로그

### About a Boy

제시가 '올해의 고양이 상'을 받은 후, 분양자인 자넷은 《버만 캣 클럽》 잡지에 이렇게 썼다.

"버만 고양이들은 정말로 영혼이 있고 그들에게 무엇이 필요한지 아는 것 같다."

로칸과 제시 사이의 우정에 대해서도 이런 말을 써주었다.

"이 두 소울메이트는 함께할 운명이었다. 버만은 진정한 사랑을 받으면 상대방이 필요한 만큼 이상으로 돌려주곤 한다."

나도 그녀의 생각에 2백 퍼센트 동의한다.

제시는 섬세하고 부드럽고 사람을 판단하지 않는다. 또 로칸이 정말 자신을 필요로 한다는 걸 느끼는 것 같다.

제시가 우리 가족 모두를 사랑하고 로칸도 제시의 친구들을 사랑하지만, 온 가족이 다 있어도 제시는 로칸을 향해 바로 달려간다. 제시는 로칸이 집에 오면 언제나 반겨주고 로칸이 집에 있을 때는 거의 로칸 주변에 있다. 제시가 로칸 곁에 있지 않을 때도 제시는 로칸 생활의 모든 면에 영향을 미치고 특히 로칸의 학교생활에 영향을 미친다. 제시는 계속 로칸을 웃게 하고 자신감을 준다. 제시 덕분에 로칸의 선택적 함구증 증세가 훨씬 나아졌고 이제는 선생님과 반 친구들 대부분과 이야기하게 되었고 가끔은 낯선 어른들에게도 이야기할 수 있게 되었다.

하지만 가장 놀라운 것은 제시가 로칸에게 감정을 표현하는 법을 가르쳐주었다는 점 그리고 '사랑해'라는 말을 하게 했다는 점이다.

로칸의 학교는 최근에 자폐 스펙트럼 장애를 가진 아이들을 위한 여러 정책들에 투자를 했다. 아이의 감정을 다루고 이야기하기 위한 시간을 포함시켰다. 이것은 사교성 발달이나 더 나은 교육을 위해서도 꼭 필요한 도구이다. 로칸은 감정의 극단만 갖고 있는 아이였다. 아주 행복해서 활짝 웃거나 아니면 괴로워하며 우는 식이다. 사랑이나 애정 같은 감정은 로칸이 잘 알지 못하고 제시가 우리 집에 오기 전까지는 나는 로칸이 그런 감정을 느끼거나 말이나 행동으로 표현하지 못할 거라 생각했다.

물론 로칸이 우리 가족을 사랑한다는 점은 의심하지 않지만 그래도 가끔은 그런 것이 힘들긴 했다.

귀여운 남자아이가 껴안는 것도 싫어하고 만지는 것도 싫어하며, 엄마나 아빠에게도 자신의 감정을 평범한 방법으로 표현하지 않는다. 물론 때로는 마음이 무너지듯 아파온다. 그래도 우리는 운이 좋은 편이라고 생각한다. 우리는 아이에게 아스퍼거 증후군이나 비슷한 형태의 자폐가 있고 그것이 우리의 잘못이 아니라는 것을 잘 알고 있었기 때문이다.

그러다가 제시가 왔다. 우리의 블루진 엔젤. 커다란 파란 눈과 부드럽고 폭신한 털을 가진, 끝없는 인내심을 가진 보석 같은 존재.

제시는 로칸에게 안고 뽀뽀하는 기쁨을, 누군가를 아끼는 느낌을, 자신보다 상대를 배려하는 방법을 가르쳐주었다. 살아가며 굉장히 중요한 것들이었다. 자폐 스펙트럼 장애를 가진 아이들은 공감하는 것에 어려움을 겪는다. 하지만 로칸은 제시에게는 감정이입을 했으며 어쩌면 이것을 통해 다른 사람과 공감하는 법을 배웠는지도 모른다.

로칸은 아주 어렸을 때부터 걱정되는 일이나 속상한 일이나 불안에 대해서 말하는 것을 힘들어했다. 기분 나쁜 일이 있었던 것이 분명한데도 끝까지 입을 다물었다. 선택적 함구증은 불안 장애이지 단순히 언어적인 문제가 아니며 그렇기 때문에 문제의 근본을 해결하는 것은 두 배로 어렵다.

로칸이 눈을 동그랗게 뜨고 집중하고 있는 제시에게 그날 학교에서 있었던 일, 좋았던 일 나빴던 일에 대해서 재잘거리며 떠드는 소리는 어떤 음악보다 아름답다. 제시는 로칸의 수

다를 듣다가 커다란 야옹 소리로 응답해주고 사랑스럽게 얼굴을 문지른다. 이 둘 사이의 대화는 아이와 동물 사이에 있을 수 있는 가장 정상적이고 듣기 좋은 대화이다.

3년 전 제시가 우리 집에 왔을 때와 비교하면 로칸은 완전히 딴사람이 되었다. 그전에도 물론 집에서는 밝고 명랑하고 말이 많은 아이였지만 학교에만 가면 불안한 얼굴을 하고 입을 꾹 닫아버리는 아이였다. 이제 로칸은 친구들 앞에 당당히 서서 키우는 고양이에 대해 이야기할 수 있고 큰 목소리로 스카우트 선서를 할 수 있으며 선생님 앞에서 책을 읽고 연극에서 대사가 있는 역할을 맡을 수 있다. 데이비드와 나에게 그리고 로칸을 사랑하는 모든 이들에게 이것은 기적일 수밖에 없다.

대부분의 사람들은 개가 인간의 가장 친한 친구라고 한다. 하지만 우리 막내아들에게 고양이 제시는 친한 친구 이상이다. 제시는 생명의 끈이다. 제시 덕분에 로칸 앞에 더 밝은 미래가 놓여 있고 그 길을 걷는 모든 걸음마다 이 의리 있는 고양이 제시가 함께할 것이다.

친근하고 호기심 가득하고 장난도 잘 치고 아름다운 털북숭이 고양이는 우리 아이의 침묵을 깼고 마침내 로칸이 자신의 '목소리'를 찾을 수 있게 해주었다.

## 선택적 함구증이란 무엇일까?

선택적 함구증Selective Mutism이란 불안 장애의 일종으로 어린 아이가 어떤 상황에서는 말을 잘 하다가 다른 상황에서는 말을 전혀 하지 못하는 증상이다. 아동기에 발병하며 학교에 입학하거나 병원에 입원할 때처럼 낯선 상황에서 잠깐 나타나다가 사라지기도 하지만 학창 시절 내내 이어질 수도 있다. 보통 교사에게 말을 하지 않고 친구들에게도 입을 다물고 표정이나 몸짓으로만 소통하려 한다. 때로는 가족 중 한 명과도 비언어적인 의사 표현을 하기도 한다. 이 외에는 다른 문제가 없으며 집에서나 친한 친구에게는 자유롭게 말을 한다. 말이 요구되지 않은 분야라면 학업이나 생활면에서 평균적인 성취도를 보인다.

선택적 함구증의 특징적인 양상은 특정한 사회적 상황에서(학교의 친구나 교사 앞에서) 지속적으로 말하기에 실패하는 것이다. 하지만 집처럼 익숙한 장소에서는 말을 잘한다. 선택적 함구증을 가진 아이들은 다음과 같은 특성을 지닌다.

— 불안할 때는 사람을 똑바로 쳐다보지 못한다.

— 고개를 돌리거나 무시하는 척한다. 상대는 아이가 쌀쌀맞거나 무뚝뚝

하다고 느끼지만 사실은 그렇지 않다. 대답을 하지 못할 뿐이다.

— 불안할 때는 잘 웃지 않고 뚱하거나 무표정하다. 학교에서는 대부분 불안해하고 그래서 웃거나 미소를 지으며 자신의 진짜 감정을 표출하기 힘들어한다.

— 불안하거나 누군가 보고 있다고 생각할 때면 어색하게 행동한다.

— '안녕하세요, 안녕히 계세요, 감사합니다' 같은 간단한 인사말을 하는 것도 굉장히 어려워한다. 때문에 무례하거나 고집이 센 것처럼 보이지만 실제로는 전혀 의도적인 행동이 아니다.

— 질문을 받아도 아주 천천히 반응한다(어떤 방식이건).

— 말을 하라고 강요하면 더 불안해한다.

— 다른 사람보다 걱정이 많고 예민하다.

— 후각이나 시각, 촉각에 예민하고 사람이 많은 것을 힘겨워한다.

— 다른 사람들의 반응에 매우 민감하다. 또한 사람들의 반응을 잘못 해석할 수도 있다.

— 자신의 감정 표현에 서툴다. 아니 거의 하지 못한다. 하는 것이 고통스럽기 때문이다.

## 「스타 커플: 제시와 로칸」

이 글은《버만 캣 클럽》(2012년 겨울 75호)에 실린 글이다.

## "심한 불안 장애를 지닌 소녀의 인생을 바꾸어준 버만 고양이에 대하여"

아담 프레스톤

올해 8월 내 막냇동생인 로칸과 그의 고양이 제시가 런던 사보이 호텔에서 열린 '2012 캣츠 프로텍션 내셔널 캣 어워즈'에 참가했다. 제시는 '베스트 프렌즈' 분야에서 1등 상을 받았고 이후에 로칸과의 특별한 관계로 전국적으로 유명해졌다. 요약하자면 이런 일이 일어났다.

올해 5월 우리 엄마 제인(딜런)은 트위터에서 어떤 방식으로든 주인을 도와 어려움을 극복하거나 삶의 질을 높여준 특별한 고양이를 찾는다는 글을 보았다. 그리고 로칸과 두 살짜리 버만 고양이 제시의 우정이 생각나서 바로 신청을 했다.

로칸은 여러 면에서 평범한 여덟 살짜리 아이들과 비슷하다. 장난감 병정을 갖고 노는 것과 바로 위의 형인 루크와 축구하는 것을 좋아한다. 하지만 로칸은 선택적 함구증이라는, 어떤 상황에서는 말을 하기가 어렵거나 아예 하지 못하는 불안 장애를 갖고 있다. 선택적 함구증을 갖고 있는 사람은 분명 말을 할 수 있고 언어를 이해하지만 특정 상황이나 어떤 사람들 앞에서(주로 모르는 사람이나 어른, 때로는 가족이나 친척 앞에서도) 말을 할 수가 없다. 집에서는 굉장히 말이 많고 적극적이고 명랑하다. 그렇기 때문에 내성적일 수도 있고 사회적인 불안을 갖고 있을 수도 있지만 단순히 내성적인 성향이나 수줍음과는 다르다.

이 장애는 아이들이 학교에 갈 때 확실히 드러나게 된다. 물론 많은 아이들이 새로운 환경에서 처음부터 말하는 것을 어려워할 수도 있지만 선택적 함구증 아이들은 아무리 시간이 지나도 '벽을 허물고 나오지' 못한다. 아이의 침묵이 계속되면서 교사나 반 친구들에게도 말을 못하는 현상도 두드러진다.

안타깝게도 이 증상의 속성 때문에 선택적 함구증을 가진 아이들의 문제가 과소평가되어 필요한 도움을 받지 못하는 경우가 많다. 이 아이들은 단순히 말을 하기 싫어하는 고집 센 아이로 비춰지게 된다. 학교에서 특별히 문제를 일으키거나 방해가 되지 않으면 적절한 보조를 받지 못한다. 바로 그즈음에 고양이 제시가 우리 가족의 삶에 들어왔다.

인간에게, 특히 아이, 혹은 자폐나 선택적 함구증으로 인해 소통의 문제를 가진 아이에게 동물이나 반려 동물이 큰 도움이 된다는 증거는 많이 나와 있다. 물론 우리도 이 사실을 알았지만 2010년 제시를 집으로 데리고 올 때는 제시가 로칸의 인생을 얼마만큼 바꾸게 될지 아무도 예상하지 못했다.

아름다운 버만 고양이인 제시는 반짝거리는 파란색 눈과 굉장히 풍성한 꼬리를 자랑하는 독특한 외모의 고양이다. 랭커셔의 자넷 보웬이 분양해준 종으로 제시의 족보 이름은 블루진 엔젤이다. 소리를 아주 자주 내고 우리 가족 모두와 대화하는 것을 좋아하며 우리가 다가가면 항상 반겨준다. 믿을 수 없을 정도로 친근하고 호기심이 많은 제시는 로칸이 하는 일에 항상 관심이 많다. 로칸이 장난감을 갖고 노는 것을 지켜 보거나 같이 게임을 한다.

제시가 상을 받고 며칠 후 그라나다 텔레비전이 더 자세한 사연을 듣기 위해 연락했고 로칸과 제시는 지역 뉴스에 소개되었다. 이것은 그들의 유명세의 시작일 뿐이었다. 제시의 이야기는 곧 전국 신문에 등장했고 동물 관련 책이나 잡지와 여러 외국 사이트와 텔레비전 쇼에도 소개가 되었다. 최근에 우리는 제시가 스페인 잡지에도 등장했다는 것을 알게 됐다.

시상식 날 로칸은 엄마와 같이 런던에 가긴 했지만 이 고양이 친구가 상을 받을지에 대해서는 반신반의하며 런던에 갔다 (제시는 같이 가지 못했다). 둘이 사보이 호텔로 가서 점심을 먹은 후 시상식이 시작되었다. 가장 먼저 '베스트 프렌즈' 분야가 발표되었고 제시가 그 상을 받았다(제시의 사진이 뜨자 관객석에서 '아' 하는 탄성이 터졌다고 한다). 하지만 아직 '올해의 고양이 상'이 남아 있었다.

나중에 들었지만 로칸은 시상식 내내 소원을 빌었다고 한다. 그의 소원은, 캣츠 프로텍션의 회장이 전체 대상과 2012년 올해의 고양이 상을 발표하면서 이루어졌다. 제시가 그 상을 받았던 것이다. 대상이 발표되자마자 관중석에서 쏟아져온 환호와 박수는 제시의 인기를 그대로 말해주고 있었다. 로칸은 자신 있게 앞으로 걸어가 활짝 웃으며 상을 받았다. 상을 높게 들어 보이는 모습을 사진 기자가 찍었다.

로칸과 엄마는 꽃다발과 고양이 관련 상품과 고양이 마스크를 받았다. 시상식에서 유명한 만화 캐릭터인 『사이먼의 고양이』의 작가이며 그날 유명 고양이 분야에서 상을 받은 사이먼 토필드를 만났고, 그가 로칸에게 멋진 그림을 그려주기도 했다. 시상식을 떠나기 전에 인터뷰를 하고 사진도 찍었으며 집으로 올 때까지도 흥분을 감추지 못했다. 로칸은 집에 오자마자 자기를 맞아준 꼬마 친구와 밀린 대화를 하고 머리를 부비며 기쁨을 나누었다.

다음날 아침 로칸과 엄마와 루크는 제시를 데리고 BBC 스튜디오로 가서 〈라디오 5 라이브〉와 아침 텔레비전 프로그램

〈브렉퍼스트〉에 출연했다. 제시는 나무랄 데 없게 행동했고 스튜디오로 들어가기 전에 대기실을 뛰어다니기도 했다고 한다. 시청자들의 반응은 놀라웠다. 제시의 특별함을 보여준 〈브렉퍼스트〉 영상은 곧바로 온라인으로 퍼져나갔다.

'베스트 프렌즈'와 '올해의 고양이 상'으로 2연패를 기록한 제시는 이후 수많은 고양이 모래와 사료 그리고 액자와 이름이 새겨진 트로피 두 개를 받았다. 국제적으로도 관심을 한몸에 받게 되었다. 제시의 이야기는 전 세계 수많은 사이트와 잡지에 소개되었다. 그리고 제시는 그 순간들을 무척 좋아했다. 카메라 앞에서 멋지게 포즈를 잡아 카메라맨들이 놀라기도 했으니 말이다. 캣츠 프로텍션에서 공식 제작한 제시의 동영상은 유튜브에서 13만 조회수를 기록했다!

로칸은 지난 2년 동안 정말 많은 발전을 했고 그중 많은 부분이 제시와의 우정과 유대감에서 덕분이다. 이들은 둘도 없는 단짝이며 로칸은 제시에게 가족과 친구에게는 하지 못했던 애정을 보여주고 사랑을 표현한다. 엄마가 한 인터뷰에서 이렇게 말했다.

"제시는 무척 반응을 잘하는 고양이라서 항상 안고 뽀뽀하죠. 제시는 우리 로칸이 가질 수 있는 최고의 친구이고 로칸의 인생에 굉장히 긍정적인 영향을 주는 존재예요."

로칸은 고양이 덕분에 태어나서 처음으로 '사랑해'라는 말을 했으며 이제는 잘 모르는 사람들과도 가끔 말을 하기 시작했고 학교 선생님 앞에서 책을 큰 소리로 읽기도 한다. ― 이 모두 전에는 하지 못했던 일이다 ― 학교와 선생님에게서 받은 도움과 제시와의 우정과 위로가 합쳐지면서 마침내 로칸은 제 목소리를 찾은 것이다.

캣츠 프로텍션은 로칸과 제시가 반려 동물로서 간과된 고양이의 특성들을 다시 사람들에게 인식시켜주어 무척 기뻐하고 있다. 로칸은 크게 나아졌으며 적절한 도움만 있다면 선택적 함구증을 가진 어린이도 잘 살아갈 수 있고 결국에는 장애를 극복할 수도 있다는 것을 보여준다. 제시는 고양이가 나이에 상관없이 한 인간의 인생을 얼마나 바꿀 수 있는지를 아주 잘 보여주고 있다.

## 감사의 말

정리되지 않은 이야기와 생각들을 이렇게 아름다운 책으로 만들 수 있게 다듬어준 앨리슨 말로니에게 정말 감사하다.

그리고 지난 몇 년간의 로칸의 모습들을 다시 상기시켜준 우리 가족들에게도 고맙다.

크리스틴 맥래플린과 조앤 하딩은 큰 도움을 준 친구들다. 또 우리의 고기능 트래퍼드 그룹을 만드는 것을 도와준 린, 미셸, 조지 데블린, 페르난데즈 아리아스 가족, 케이트 그린 MP와 팀에 감사한다. 또 많은 국회의원과 시의원들의 관심에도 감사를 전한다.

선택적 함구증 정보연구위원회의 린지와 개비에게 감사하며, 캣츠 프로텍션의 〈내셔널 캣 어워즈〉가 없었다면 이 책은 세상에 나오지 못했을 것이다.

처음 제시를 우리 삶에 들어오게 해준 자넷 보웬이 그래서 더욱 고맙다. 로칸에게 헌신적이었던 우드하우스 초등학교의 선생님들, 특히 버나드 선생님은 로칸이 집에서 이야기를 꺼낸 첫 선생님이었다.

마이클 오마라 북스 출판사의 직원들에게도 감사를 전한다.

그리고 마지막이라고 서운해하지 않길, 우리 제시가 오기 전에 무지개 다리를 건던 고양이 플로가 예쁜 세상에서 잘 살고 있기를 기도한다.

# 고양이 제시, 너를 안았을 때

초판 1쇄 인쇄 | 2014년 3월 14일
초판 1쇄 발행 | 2014년 3월 21일

지은이 | 제인 딜런
옮긴이 | 노지양

펴낸이, 편집인 | 윤동희

기획위원 | 홍성범
편집 | 김민채 임국화
디자인 | 박정은 윤지예
종이 | 아르떼 130 (커버)
백색모조 220 (표지)
미색모조 95 (본문)
모니터링 | 이희연
마케팅 | 방미연 김은지
온라인 마케팅 | 김희숙 김상만 한수진 이천희
제작 | 강신은 김동욱 임현식
제작처 | 영신사

펴낸곳 | (주)북노마드
출판등록 | 2011년 12월 28일
제406-2011-000152호

주소 | 413-120 경기도 파주시 회동길 216
문의 | 031.955.8869(마케팅)
031.955.2675(편집)
031.955.8855(팩스)

전자우편 | booknomadbooks@gmail.com
트위터 | @booknomadbooks
페이스북 | www.facebook.com/booknomad

ISBN | 978-89-97835-49-2 03840



○ 이 책의 국립중앙도서관 출판시도서목록(CIP)은
e-CIP 홈페이지(www.nl.go.kr/cip.php)에서 이용하실 수 있습니다.
(CIP 제어번호: CIP 2014007868 )

북노마드